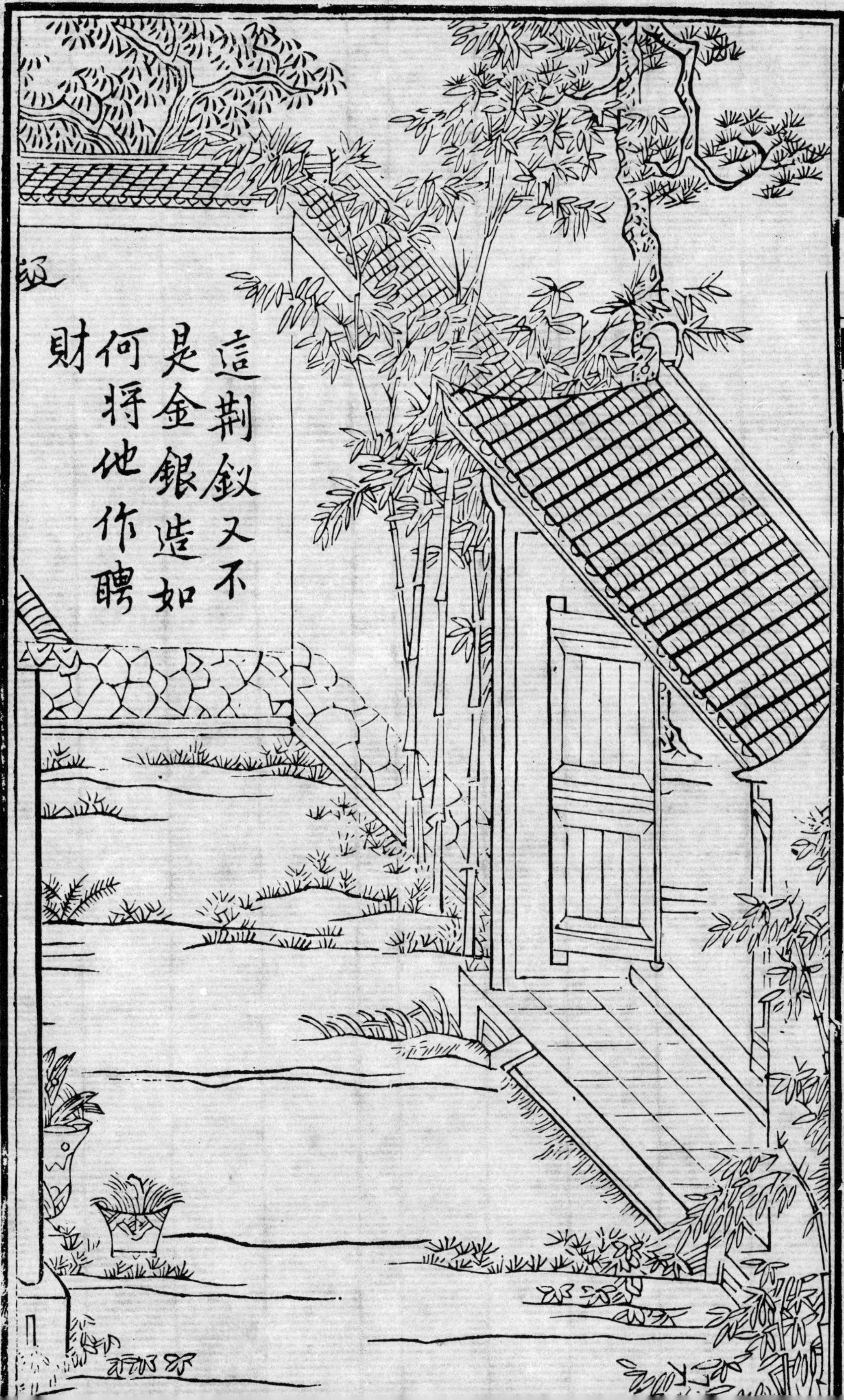
這荆釵又不
是金銀造如
何将他作聘
財

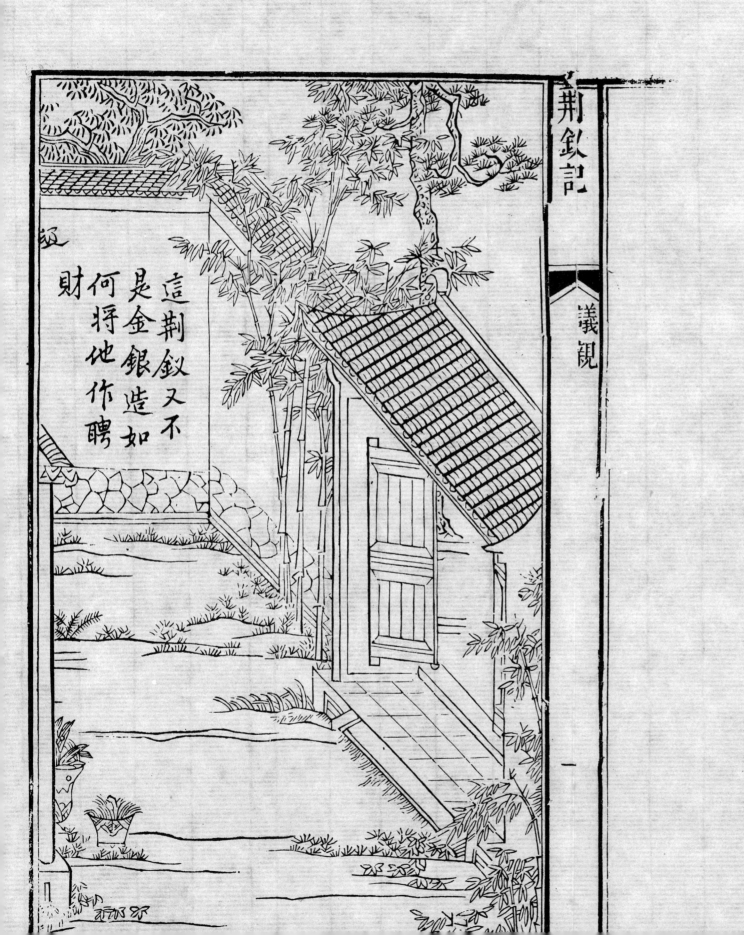

議親〔小生戴巾穿青素繫絲縧內襯元褶上此吊場引白原在第一齣講書上時因衝場借用故而載之〕
〔中呂宮引〕滿庭芳樂守清貧、恭承嚴訓、十年燈火相親、胸藏星斗、
陣掃千軍、如遇桃花浪煖、定還我一躍龍門、親年邁、且自溫
扇枕、隨分度朝昏、〔古風共二十四句通云八句〕越中古郡誇
嘉、城池闤闠人奢華、思遠樓前景無限、畫船歌妓顏如花、
禮傳家忝儒裔、先君不幸早傾逝、奈何家業漸凋零、報効
勞未如意、小生姓王、名十朋、表字龜齡、溫州永嘉人也、〔愁
念〕不幸椿庭早逝、惟賴母親訓育成人、家無囊橐忝列庠
之數、學有淵源漸無驛宰之榮、正是一躍龍門從所欲、藤
換郤荷衣綠、丹墀拜舞受皇恩、管取全家食天祿、〔內老旦

嗽介小生〕言之未已、母親出來了、
〔老旦所演傳奇獨仗荊釵爲主切忌直身大步口齒含糊俗云夫人雖老終是小姐出身衣飾固舊舉止禮度猶存〕
〔商調引子〕遶地遊桑榆暮景、將往事空思省、〔轉身正坐小生白〕母
拜揖、〔老旦〕〔俗云罷了非〕兒嗄、春榜動選場開、你可收拾行李上京應試、〔
生〕是、嗄、母親、事業要當窮萬卷、人生須是惜分陰、自古學
文武藝、貨與帝王家、孩兒只爲家貧親老、因此不敢遠離、〔
旦搖首介〕兒嗄、豈不聞孝經云、始于事親、終于事君、君親
體、嗄、若得你一官半職回來、也顯做娘的訓子之功、〔小生
依慈命、〔老旦想科〕嗄兒、還有一事、前日雙門巷錢老貢元、
許將仕來議親、我因無物爲聘、不敢應承、只恐今日又來、

介
何是好、（小生略露笑顏答云）嗄母親古人云、娶妻莫恨無
謀、書中有女顏如玉、孩兒只慮功名未遂、何慮無妻、（老旦
頭）這也說得是嗄、（想介酸鼻）兒嗄自你父親亡後、我做娘
呵、（兩眼淚盈介唱）（小生亦慘狀嘆介）
商調正曲 黃鶯兒（又一體）半世守孤燈、鎮朝昏、幾淚零、此袖指淚式 到今猶在淒凉、
（小生嘆白）咳、門牆冷落、（老旦看唱）寒門似冰、（小生白）母親
鬢多皓然了、（老旦指鬢唱）衰鬢漸星、作墮淚介（小生白）母親為何掉
（老旦唱）只為早年不幸鸞分影、（小生亦哭云）請免悲傷、（各
淚同唱合）細論評、黃金滿籯、終不如教子一經、（小生接唱）
旦憂念未除

前腔 父依文而作莫犯輕狂喪、母勞形、論孩兒當報恩、奈何人事不相稱、（老旦白）
怕你學未成、（小生搖手唱）非學未成、（老旦白）怕你已未能、
（生唱）非已未能、為只為五行不順男兒命、（同唱合）細論評
金滿籯、終不如教子一經、（老旦唱）
簇御林（又一體）親師範、近友朋、把詩書勤講明、囊螢鑿壁皆堪敬、
們都顯父母揚名姓、（同唱合）奮鵬程、名題鴈塔、白屋顯公卿、
（生唱）
前腔 親年邁、家勢傾、清同俗作醒非 愧腆甘缺奉承、臥冰泣竹真堪並、他們
感天地登臺省、（同唱合）奮鵬程、名題鴈塔、白屋顯公卿、（正生
方巾穿紬褶本戴蒼髯未免雜劇內插琵琶之戲即換白

髯可宜着緞鞋帶帖用扇上[白]受人之托、必當終人之事、
（一道白與張大公不同）夫許將士、領錢老貢元之命、央我到王宅議親、此間已是、
有人麽、[老旦]有人在外、你去看來、[小生]是、曉得、嗄、是那箇、
[生]解元、[小生]呀、原來是將仕公、失迎了、（各對揖介）[正生]老夫求見令
[小生]請少待、母親、許將仕在外要見母親、[老旦]想必又爲
事、請進來、[小生]是、嗄、將仕公、家母相請、[正生]嗄、老安人、[見
科老旦回福介]將仕公、[小生]將仕公拜揖、[正生]解元、[老旦]
坐、[正生]有坐、[小生]請坐、[正生]嗄、[老旦]重蒙貴步到寒家、有
見諭、[正生]老夫非爲別事、只因錢貢元前番央老夫來議
郎親事、老安人（俗添再三非）未允、近聞賢郎堂試魁名、貢元不勝之喜、

著老夫送年庚吉帖在此、望老安人允就、不必推辭、解元
收了、[正生似遞與小生式小生看母正生亦顧卽收介][老
多蒙貢元見愛、又承將仕週全、只爲家寠難以應承、[正生
貢元曾有言不問人家貧富、只要女壻賢良、聘禮不拘輕
隨意下些、便可成親、[老旦]貢元乃豐衣足食之家、老身是
布荆釵之婦、惟恐見誚、[正生]不必太謙、解元請收了、[老旦]
兒收了、[小生]是、[走過接帖對母老旦]供在家堂、[小生]曉得、
放下塲[老旦]多謝將仕公、[正生]恭喜老安人、[老旦]我兒過
謝了將仕公、[小生走中揖介]是、多謝將仕公、[正生]解元恭
[小生仍走右立介老旦]請坐、[正生]有坐、[老旦]將仕公念老

呵、〔唱〕

〔仙呂正曲〕桂枝香年華衰邁〔正生白〕老安人年高有德、〔老旦唱〕家窮敗〔正生白〕何足掛齒、〔老旦唱〕要成就小兒姻親全賴高賢帶〔正生白〕好說、〔老旦唱〕論財難佈擺〔小生白〕母親、〔唱〕論財難擺〔老旦〕錢難揭債物無借貸〔小生愁介老旦想科白〕嗄兒嗄、你父親亡後、並無所遺、〔拔釵科悲唱〕〔合〕止〔與小生看即將袖遮正生亦覺就搭問小生忙跪近右手亦掩老旦出釵

唱〔介〕止有這荆釵權把他爲財禮〔母子各踢促式〕咳只愁不諧〔小生立起恭科唱介〕

〔前腔〕萱親寧耐冰人休怪（走左邊恭即揖介）〔正生亦立起白〕嗄何怪之有、〔小

生呵、〔唱〕貧居陋室多年〔正生白〕貧乃士之常、〔小生唱〕惟苦寒窗十載〔正生白〕勤苦在前、僥倖在後、〔小生唱〕奈時運未來

生〔白〕解元、〔唱〕倘時運到來〔小生唱〕功名可待〔正生白〕只怕親遲了、〔小生唱〕那時姻親還在〔正生白〕與令堂商議、〔坐下

聽介〕〔小生〕母親、〔唱〕〔合〕這荆釵又不是金銀造如何將他作財〔正生立唱老旦亦立〕

〔前腔〕安人（俗作揖非恭安）容拜解元聽解〔白〕那錢老貢元呵、〔唱〕他不嫌你禮輕微偏喜愛熟油苦菜（三疊句不依原本改之甚是合做）請安人放懷〔老旦唱〕教我如何放懷

〔生唱〕便是貧無妨礙越顯得家風清介〔白〕解元、〔小生〕將仕

〔正生〕方纔令堂說有什麼聘物、乞借一觀、〔小生愧式〕嗄聘

雖有、只是將不出、（正生）好說、取過來一觀、（小生）應走近老

慚愧狀送與將仕公看、（小生）是請觀、（正生）接物細看卽大

嗄、哎呀哈哈哈、（母）子愈增慚愧式（正生）好罕物嗄、昔日漢

鴻聘孟光、荊釵遺下、嗄嗄豈豈不是達古之家、（母）子聊可

稍狀正生唱（合）覷、這荊釵雖不是金銀造（白）非是老夫面

（唱）管取門闌喜事諧强如玉鏡臺（白）告辭、（老旦）將仕公回見貢元、只說

物輕微表情而已、（正生）謹領、（小生）寒家之聘自傷情、通作老旦云（老旦）

把荊釵表寸心、（正生）着意種花花不發、無心插柳柳成陰、

（旦）我兒、送了將仕公出去、（小生）是、將仕公有慢、（正生）好說、

了、待我就去回覆貢元、（下）（介）（小生）母親將仕公去了、（老旦）

嗄、姻親事小、攻書爲尚、（小生）是、（老旦小生同下）

琵琶重唱荊釵重做蔡中郎孝子始終王十朋義夫結

演者不可雷同

繡房

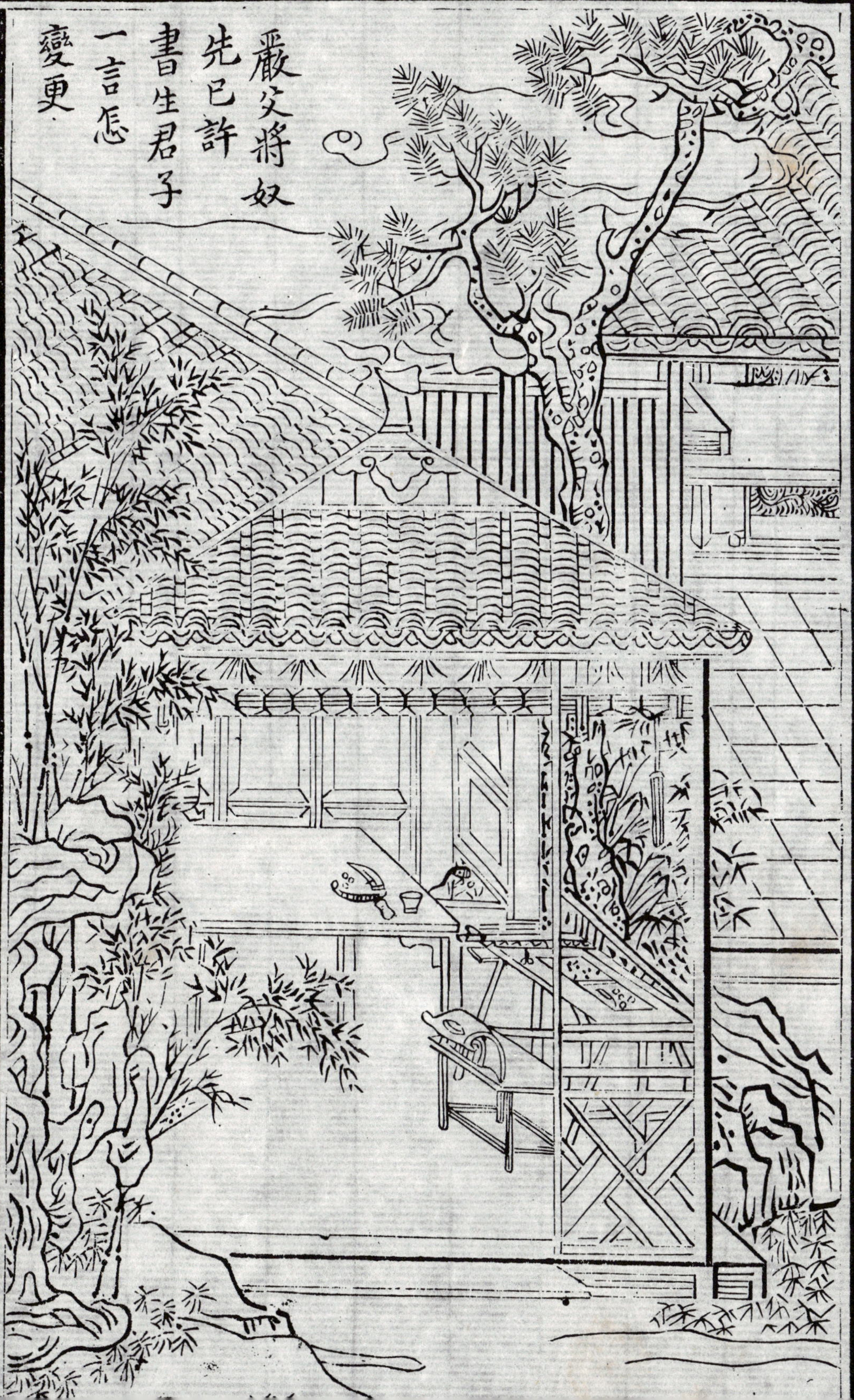
嚴父將奴
先已許
書生君子
一言怎
變更

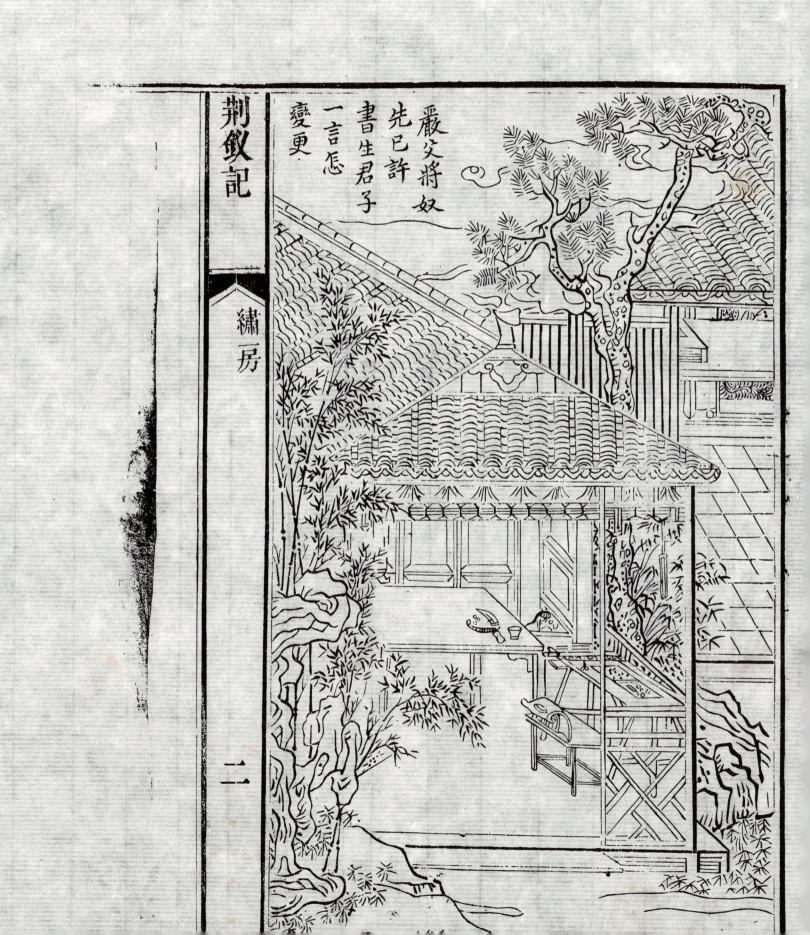

繡房（小旦穿月白綾襖繡素雲肩白綾裙上唱行動止用四寸步其身自然娜如脫脚跟一走郎爲野步）

（南呂引子）戀芳春寶篆香消、繡窗日永、又還節近清明、暗裏時更

換、老逼親庭、旦晚雖能定省、遇寒暑宜加溫凊、凊和景、惟願

親、倍膺福壽康寧。（轉身正坐白）鏡中常自歎嬋娟、生長閨門

八年、惟喜椿庭身在室、那堪萱室魄歸天、工容德悉兼全、

質無瑕賽月圓、春去秋來多少事、金蓮那肯出房前、奴家

奉早膳已畢、且向繡房做些鍼指、（立起唱介進桌內做）

（南呂正曲）一江風繡房中、裊裊香烟噴、剪剪輕風送、但晨昏問寢（先揭蓋紙後倚繡床忙開鍼線書剪去鍼尾線捏線穿鍼理絲扣結形容女子刺繡狀）

堂、須把椿萱奉、（合）忙梳早整容、忙梳早整容、惟勤鍼指功、怕

外花影日移動、（丑穿元色襖汗巾繫腰戴硬鬏髻扇上唱似

年再俏媒脚雖半攔走路要俏）

（中呂正曲）太平令（又一體）（滿臉堆笑）豪門議、親哥嫂已許諸秦晉、（合）（如失物狀）未審玉蓮肯

順、且向繡房詢問、（白）（俏聲式）開門、（輕敲介）（小旦停鍼響問）是誰、（丑）哎呀勿是

嗐、你去姑娘拉裏嗐、（小旦立起出桌開門）嗄來了、（丑背云）

說我是賊、聲氣嗄聽勿出箇、（小旦見丑賠笑）原來是姑娘、

福丑攙住介）哎呀我箇兒子嗄、勿要攔門拜、攔門拜子樣

遲穀嗐、梳頭遲遲纏脚遲遲喫飯遲、就是出嫁也是遲箇嗐、（小

多謝姑娘、（又福介丑相袖管春萊福發科笑爾）箇嚜是哉、

（旦）姑娘請坐、（丑）咲、哎喲喲檯子上鬧熱得勢、拉裏做奢生

介、（進桌正坐小旦右邊陪坐介）在此繡枕方、（丑）好嗄、未嫁

郎、先繡枕方、等我來看看做箇奢箇故事上、〔雙手巴桌蠢
介〕箇朶是荷花耶、〔小旦〕是竝頭蓮、〔丑〕好箇竝頭蓮、底下這
是鵝呢鴨介、〔小旦〕是鴛鴦、〔丑〕鴛鴦鴛鴦鳥瘦毛長、尖嘴戳
哎像你丢姑娘、〔小旦〕姑娘取笑、〔丑〕等我來仔仔細細看看
做得如何、嘖嘖嘖、哎呀好嗄、顏色也配得俏麗、鍼脚也繡
細膩、葢樣好箇哉、〔拏書科〕必要問箇是奢勾書、〔小旦〕俗撒非是烈女傳、〔丑〕
嗄、哎呀勿要吹淹子生活、嗄、纔放過子哩要說正經哉、〔小
請問姑娘到此何幹、〔丑〕兒嗄、姑娘無事、不到你繡房中來、
來與你爲謀、〔小旦〕可是爹爹許那王、〔丑右扇推住小旦式
手掩自嘴〕哎呀我箇兒子嗄、你是不出閨門之女、曉得奢

黃嗄黑嗄白介、好歹讓做姑娘說出來、外頭人聽見子像
下遭不可嗄、〔小旦〕多謝姑娘教訓、〔丑〕兒子嗄、你爹爹雖許
家、你母親見他艱難、將你已許了孫半州、渠是溫州城裏
一箇大財主噓、你若嫁子裏、一生一世受用勿盡丢、〔小旦〕
娘、他乃豪家富貴、玉蓮是貌醜家寒、不敢應承、〔丑〕右手在左袖拏等我拏
件好物事拉你看看、包上插雙鳳溫言笑面介箇是孫員外丢箇聘物、先將金鳳釵
對、壓茶銀四十兩、你丢娘做主、姑娘爲媒勾噓、〔又取荊釵
面式〕哪、黃楊木頭簪一隻、箇是王十朋丢箇聘物、你丢爺
主、咒詈恨式許荳腐箇老賊死勾做媒人、兩家聘物、但憑你揀子那
這隻嚜、就嫁那家、〔將荊釵放遠之將銀包鳳釵推近介小

既是爹爹做主、只依爹爹便了、【拏荊釵插鬏上介丑右手大指放口內唬式】哎呀兒子嗄、竟是插子進去哉箇是一一世箇事體嘘、勿要差子主意嗄、【小旦不理丑換笑容介】待我說那孫家富麗與你聽、【唱】

【南呂正曲】【梁州序】【體又一】家私迭等良田千頃、富豪聲振甌城、他也不婚聘專浼我來求你年庚【小旦唱】他恁的財物昌盛【丑軟白】子嗄、有奢說話對姑娘說、【小旦唱】愧我家寒自料難廝稱【白】哎呀箇句說話說差哉也哪、【唱】這段姻緣料想是前定境緣何不順情【合】你休得要恁執性【小旦唱】

【前腔】【體又一】他有雕鞍金鐙重裀列鼎【丑白】溫州城裏頭一家財

丢嘘、【小旦唱】肯娶我裙布釵荊【丑白】說介說話、【小旦唱】我是房奩不整反被那人相輕【丑白】哎呀我箇兒子嗄、【唱】雖則你的房奩不整【白】那孫官人、【唱】他見你恭容自然要相欽敬【旦唱】嚴父將奴【丑白】爺嚜那哼呢、【小旦唱】先已許書生【丑白】話那裏作得眞、【小旦唱】君子一言怎變更【丑放扇拏釵白】子、依子做姑娘箇拏子金鳳釵罷、【小旦正色唱合】實不敢尊命【小旦立起走上不理式丑呆看小旦啫怒介】嗄、那說實敢奉尊命、【五分氣質式】哎呀且住、箇頭親事、勿是我做姑娘、必定要你箇嘘、哪、【走出桌唱】

【前腔】【體又一】這是你爹娘俱已應承問姪女緣何不肯恁推三阻

莫不是行濁言淸（小旦唱）枉自將奴淩併（丑硬狀白）要依我

（小旦唱）便刎下頭來斷然不依允（丑毒式白）奢勾、（唱）論我

伐宅第盡傳名（白）勿是我誇嘴說、（唱）十處說親到有九處成

哎呀誰似你這般假惺惺（對左作氣式小旦唱）

前腔（又一體）做媒的（丑雙手拍桌白）屈嗄、做媒勾·亦勿是做賊做

盜阿是老虎喫人箇了、（小旦）我不說姑娘、（丑相罵式）戉到

你說了、（小旦）假如這等說、（丑搶白科）奢箇假如這等說介、

旦唱）做媒的箇箇誇能（丑背白）你聽他到會說、（小旦唱）也

有言不相應（丑白）偏子子你幾遭、（小旦唱）信着你多被悞了

身（丑恨怒式白）哧、（唱）你郊合窮合苦沒福分的丫頭哎呀敢

強廝挺（硬身退椅棹覷氣憤式雙手搡胸走左對外白）哎喲

殺哉、（小旦連唱）姑娘何必恁生憎出語傷人你好不三省

（背嘆）榮枯事總由命（丑唱）

（尾聲）這段姻緣非廝逞（白）丫頭嗄、（唱）少甚麽花紅送迎（小旦

（白）哎呀親娘嗄、（丑）老大哉總是哭、（小旦唱）誰想番成作畫

（丑白）（拏釵包介）姻緣自古要和同、無分榮華合受窮、（小旦）雪裏梅花

冷淡羞隨紅葉嫁東風、（丑）（學旦聲云）嫁東風·嫁東風、偏你這丫頭揀

公、（毒指科小旦）這等惹厭、（丑看小旦背云）壞哉、倒要去求

兩聲、肯（指手內釵包）拏箇兩件物事去、（走近與小旦搡背帶笑念）哎呀

箇好兒子嗄、你從小聽我說話勾、（右手搡小旦背左手揑釵包與小旦看介）拏子金鳳釵罷嗄、（小旦

想既如此同到爹爹面前去說、丑喜倖式好嘎、竟到爺門去說嗟、攙小旦手走似出門式小旦推出丑即關門下丑左揉左足介哎喲㖷、一隻脚骨別痛裏哉、立起向內兒子、道拉爺門前去說嘘、嘎、兒子開門、急敲介嘎、好喲、竟拏我子出來、關緊子房門哉阿拉我曉得你箇了頭拉丟作怪是你道是會做奢鍼線哉了、忘記子小時節㲉坌哉、一雙褌做勿來、縫牢拉庭柱上子、再褪也褪勿下、虧我走得來、你丟爺說子、叫子輪百箇匠人、舉起子屋纔褪子箇隻膝下來、今日之間、拳長臂大子、無我姑娘眼裏哉嘎、等我拉丟娘門前去、搬一塲是非、哎呀我箇兒兒子嘎、教你繡花戳碎子猪膽、滔滔能勾苦丟、如唱全本即從此處叫阿嫂拉那裏副淨遂唱青歌兒上

唱恨玉蓮賤人句連做前逼嫁一齣若演雜戲即云　吥　唱

仙呂正曲　青歌兒　又一體　恨玉蓮賤人無禮　白　哎喲哎喲、揉胸走唱　激我怒從心起腌臢蠢物太無知　合　千推萬阻教老娘　作咳氣受了這塲嘔氣、氣狀式　小花娘有介事、氣殺哉哎喲氣壞哉、揉胸硬身走下

錢玉蓮死守貞節趙五娘苦奉雙親兩本傳奇可以感

愚婦

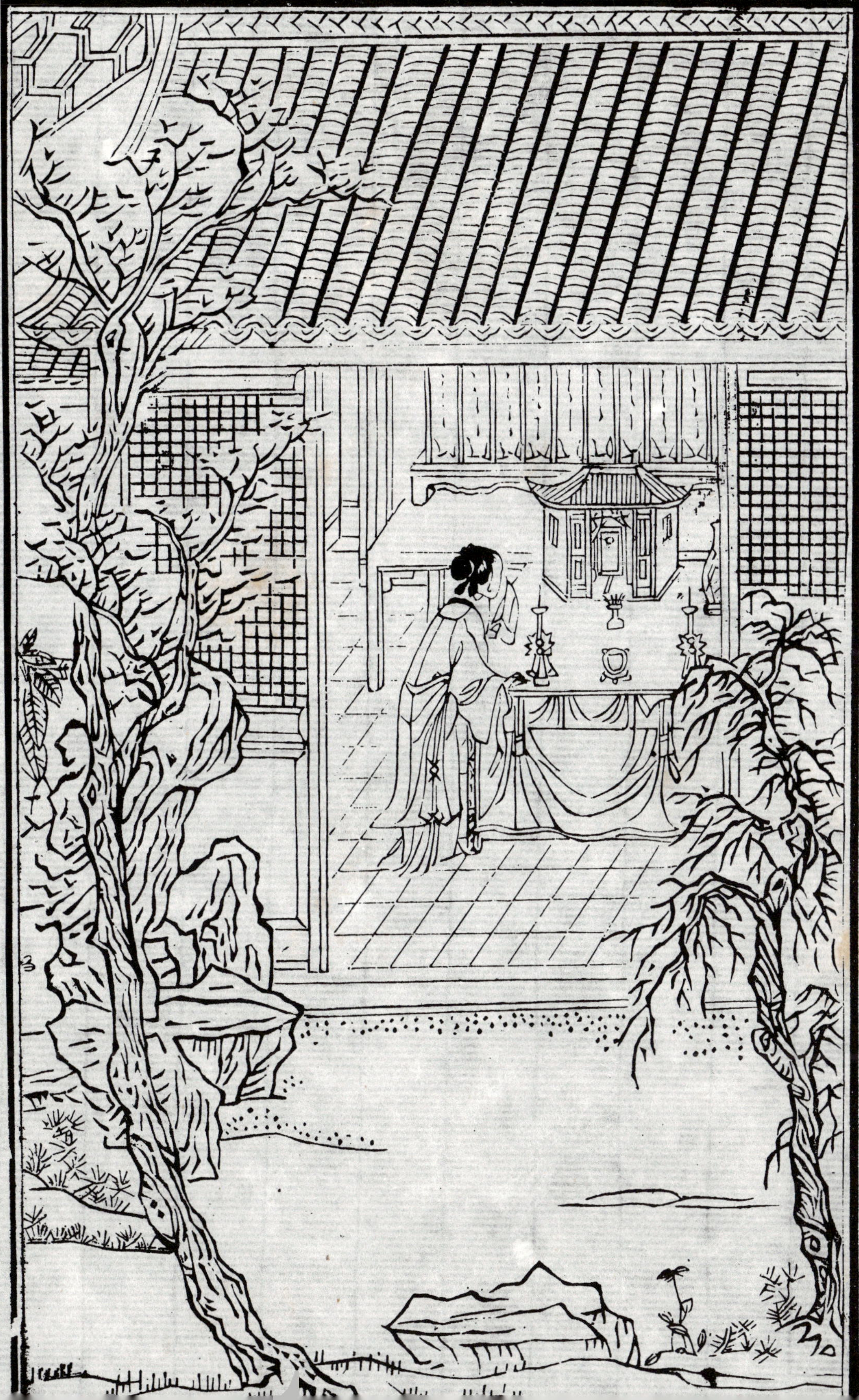

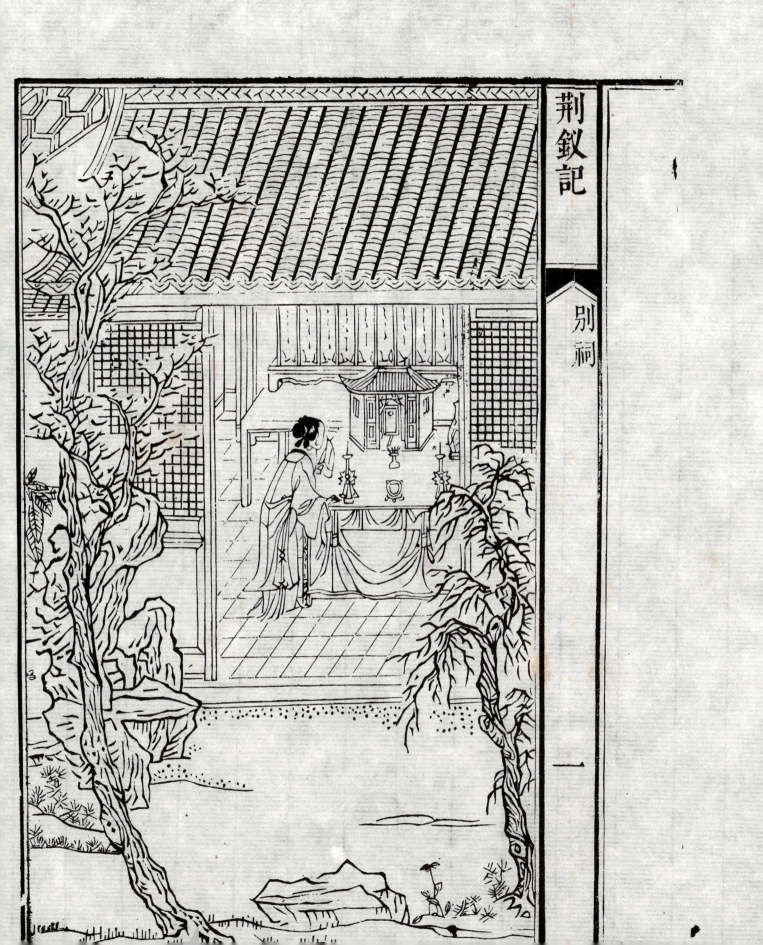

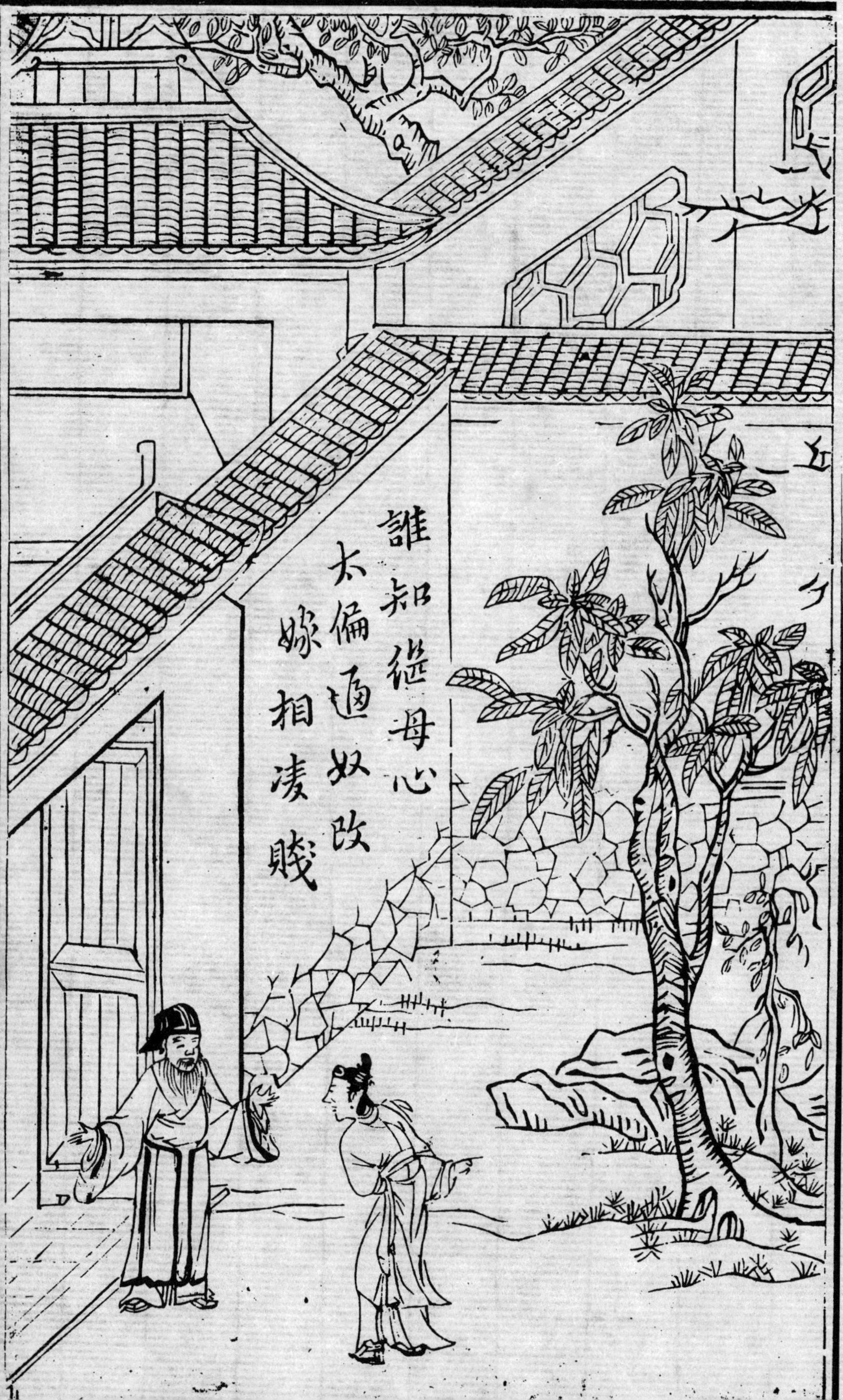
誰知繼母心
太偏逼奴改
嫁相凌賤

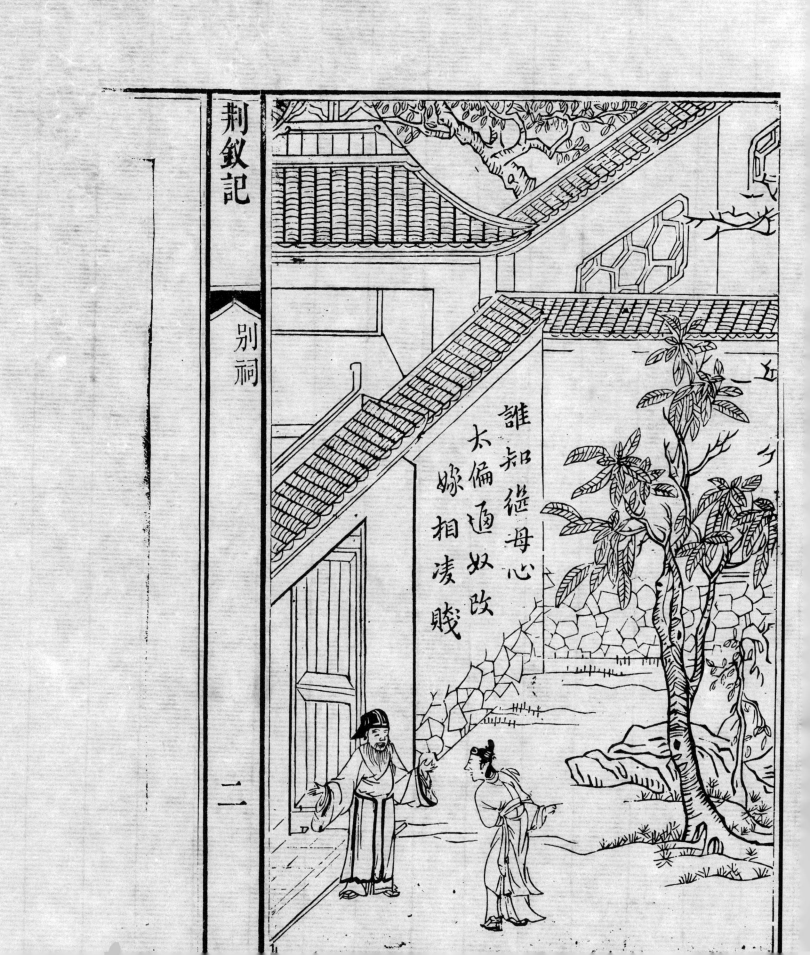

別祠〔小旦穿元色襖綢裙苦難狀上唱〕

〔正宮引子〕〔破陣子〕翠黛深籠寶鏡、娥眉懶畫春山、絲蘿雖喜依喬（憂式走上一步）春樹還憐老歲寒、（酸白）哎呀親娘嗄、〔拭淚介〕偷將珠淚彈、〔轉身立慘白〕嗄、我生胡不辰、襁褓失慈母、鞠育賴椿庭、成立多艱此日遣于歸、父命曷敢阻、進退心恐傷、〔咽云〕有淚出肺腑、〔淚介〕奴家被繼母逼嫁孫家、我爹爹不允、將機就計、只說日是十惡大敗之日、匆遽之間、將奴出嫁王家、哎呀苦嗄、首飾衣服竝無一件、哎呀、若是我親娘在日、豈忍如此虧哎呀、〔哭泣連悲介〕罷、〔咽介〕不免到祠堂中拜別親娘神主箇、〔走右角轉至中對下〕來此已是、〔進門看泣〕一入祠堂心悽、（對正下福似祖先式）百年香火嘆無兒、（叶韻）〔慢走轉右邊見左邊桌迎泣科〕涓埃報母恩德、反哺忍聞烏夜啼、〔雙手撲走近桌略偏科〕嗄、母孩兒今日出嫁、特來拜別、母親、親娘、哎呀娘嗄、〔右手撲桌介唱〕

〔仙呂正曲〕〔玉嬌枝〕（看椅細認）音容不見、（當正曲唱）望冥中聽奴訴言、（福介跪下立拜介）甫離懷抱娘恩斷、（桌式）應怎瞑黃泉、哎呀誰知（右手指介）繼、〔卽低云〕哎呀、〔手急掩其嘴轉看右轉對桌唱〕誰知繼母心太偏、（恨聲科）逼奴改嫁相凌賤、〔咽白〕嗄、親嗄、孩兒今日出嫁、本待做碗羹飯與你、（啞云）料他決不相容、嗄、說是羹飯、我待痛哭一場、〔唱合〕哎呀怕他們聞之見嫌、（立起福介）只（右桌橫拭淚）且吞聲、淚痕如線、〔白〕我的親娘若在、豈料今日、〔唱〕

〔前腔〕不能光顯、嘆資裝十無一全、〔白〕母親、〔唱〕荊釵裙布奴情、左手扶椅右手拍胸介
〔白〕孩兒去後、爹爹年老在堂、〔唱〕嘆無兒膝下承歡、〔白〕哎呀
娘嗄、孩兒自七歲拋離了你是、〔唱〕哎呀受他磨折難盡言、
孩兒倘有差遲、非打〔偷看式〕哎呀郎罵嘘、拍桌介〔哭介唱〕哎呀全
骨肉慈顏善、〔合〕怕他們聞之見嫌只得且吞聲淚痕如線、〔低
咽泣科外上白〕荊釵與裙布、隨時逼婚嫁、〔丑隨上〕三夜不
燭、相思何日罷、〔立右上角外〕女孩兒不知在那裏、〔丑〕像是
去祠堂裏、拜別裏箇親娘神主、〔外〕與你同去看來、〔從中走
外叫科〕玉蓮、玉蓮、〔小旦〕爹爹、〔丑〕哎呀爲奢哭得這箇嘴臉
時好日嘘、〔外雙攙小旦手悲科〕哎呀兒嗄、爲何哭得這般

景、〔小旦〕孩兒在此拜別親娘神主、〔外〕哎呀老妻嗄、〔小旦放
哭介〕哎呀親娘嗄、〔丑〕假哭作科哎呀阿嫂嗄、〔外〕若留得你在、焉有今
〔小旦加泣痛哭〕娘嗄、〔丑氣冷白〕時辰差勿多哉、快點梳粧
轎罷、〔小旦〕親娘、〔外〕兒嗄、不要哭了、快些梳粧上轎罷、〔小旦
聲〕三回四顧狀哎呀娘嗄、〔丑〕哎呀勿要哭哉、走罷、〔外左手攙小旦右手
來、〔丑推小旦左肩走、〔小旦左手扶桌看椅哭介〕親娘、〔外〕來
〔小旦帶哭帶走科外唱〕
〔越調正曲〕〔憶多嬌〕你且、外攙小旦從右上角轉至正中進介小旦進正桌內外立左丑立右開鏡奩整翠鈿休得界破殘裝、玉筋懸、〔白
嗄、〔小旦〕爹爹、〔外〕是你做爹爹的、骯髒了你、〔小旦咽哭丑與
旦梳粧科外唱〕首飾全無真可憐、〔丑同唱合〕休得愁煩休

愁煩喜嫁讀書大賢、（各出棹外坐中丑坐右小旦走右上唱）

背唱

【前腔】愁只愁子嗣慳、爹老年何忍教兒離膝前、（走中對外細步撲近膝跪介）（白）爹爹嗄你年老之人、倘母親有甚三言兩語、凡事忍耐些罷、（外悲慘）嗄、（丑）勿差殼、奈煩煩點、（小旦唱）莫惹閒非免掛牽、（外丑唱合）得愁煩休得愁煩喜嫁讀書大賢、（小旦起小旦立左上介）（丑冷白）若依子我做姑娘嫁子孫家裏、奢了弄得介箇意思嗄、（外憤聲）咳、（立起丑唬）奢了、阿是踏着子尾巴了、直跳、（外）你說那裏話來、

【鬪黑麻】自古姻緣事非偶然五百年來赤繩繫牽、（丑白）拍拍殼腰子、勿拉我心上、（外連唱）兒今去聽教言（小旦斜跪對

泣狀外雙手攙小旦肩白）嗄、（小旦）嗄、（外）哎呀親兒嗄、（小旦）呀爹爹嗄、（各哭介外）你到王家去做媳婦、不比在家做女……（小旦）是、（外）須要勿慢勿驕、必欽必敬、（小旦）是、（外唱）孝順姑……數問寒暄、（扶小旦起同唱）燈前淚漣生離各一天有日歸寧日歸寧吾心始安（丑白）花轎到門快哉噓、（小旦）請母親出來……別、（丑）箇到要勾、等我去請裏出來、（走對右下叫科外接小……（白介）這樣不賢之婦、還要拜他怎麽、（小旦）爹爹天下無有……是的父母孩兒何忍不辭而去、（外）憑你哎呀憑你、（丑接前……（念）阿嫂、（副內應科）奢了、（丑）你丟女兒要請你得出來拜別……（副內應）阿曉得我是張果老倒騎驢、永不見這畜生之面、

轉身對〔小旦云〕阿聽見勿出來、〔外〕如何、〔小旦〕母、親不肯出

待孩兒自去請、〔丑〕介嘐你自家去、〔小旦〕母親、〔丑〕阿嫂、〔副內〕

箇、〔丑〕你丢女兒自家拉裏請你出來拜別了、〔小旦〕母親、孩

今日出嫁、請你出來拜別、〔副內〕勿希罕、拜別你丢自家親

去、〔丑〕阿聽得勿肯出來、〔小旦〕嗄、母親既不出來、孩兒就在

門首拜了噓、嗄娘嗄、〔丑〕阿嫂、你丢女兒拉裏房門首拜哉、

〔內〕勿要拜、阿是要拜殺我了、〔小旦接前白唱〕

〔前腔〕蒙你教養成人、（恭內即福跪下拜二拜科）恩同昊天、〔丑曲內白〕阿嫂拉裏拜哉、〔副

勿要拜、再拜是忽出屎馬桶來哉、〔丑〕勿要、畱丢好喫河魨、

〔旦連唱〕雖不是你親生、多蒙保全、兒別去免掛牽、（立起福介）〔白〕母親、

爹倘有不到之處、勸你忍耐些些罷、〔外聽暗悲拭淚科副內〕

〔嚮白〕勿要拉箇答騷聲騷氣嗄、〔小旦唱〕望你努力加餐、愁

變喜顏、〔同唱合〕燈前淚漣、生離各一天、有日歸寧、有日歸寧、

心始安、〔內大吹打淨扮掌禮同綵轎上外與小旦哭科丑白〕

是來哉、讓我去看看介、〔走出淨〕請新人上轎罷、〔丑〕是哉、是

你先去就上轎哉、〔淨應下介丑進〕勿要錯子時辰、快點上

罷、〔小旦至中對外不捨哭狀〕就此拜別、〔外亦泣云〕罷了、〔丑

〔下場拏方巾科小旦慘唱〕

〔南呂引子〕臨江仙　再拜哀哀離膝下、（恭外即福拜介外扶起又福）〔外〕（小旦立起見丑即斜福介丑與小旦兜頭）及門無母施鞶、〔同唱〕未知

日返家園、（外攙小旦雙手丑扶小旦一左臂並送出介）出門銀燭闇、白日照魚軒、〔吹打丑推開外外作衝

卽扶小旦入轎〔丑白〕擡穩子、〔外〕擡穩了㗻、〔轎下〕如單演别

丑卽隨轎下若連唱送親不下在場〔白〕㗻、讓我進去換子

裳、好去送親、哎呀尿急哉、撒一場尿勒介、〔方下介外唱〕

〔前腔〕好似半壁勾（逼作孤非）燈相吊影蕭蕭白髮盈顛那堪弱息離身

叮嚀辭别去痛淚那能乾〔拭淚悲下〕

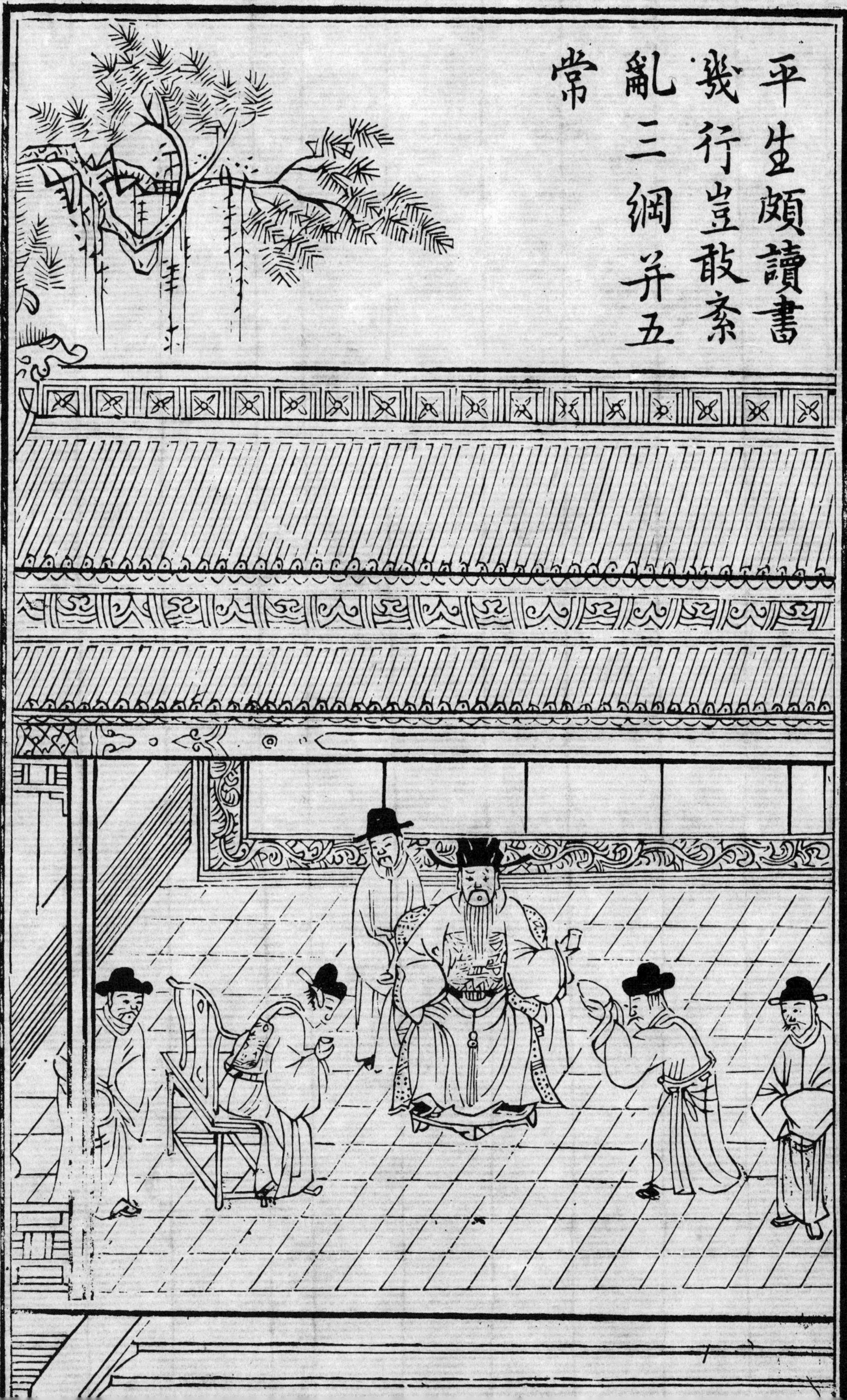
平生頗讀書
幾行豈敢紊
亂三綱并五
常

參相〔丑副扮堂候粧威平喝淨上淨戴相巾穿龍補紫青花繫玉帶垂印綬黑滿髯作中年宰輔狀上唱〕

〔雙調引子〕賀聖朝幾年職掌朝綱四時燮理陰陽一人有慶壽無疆

兆民賴安康〔轉正坐二堂候畧立下淨白〕爵尊一品爲天子

股肱、位總百官乃朝廷之耳目、廟堂寵任、朝野馳名、正是

片丹心能貫日、四方志氣可凌雲、〔丑副平喝立下〕〔淨〕老夫

（音墨其）（音屑）（俗撒些句非）

姓方候名咼職授當朝宰相、咳年過半百、止生一女、小字名

嬌、雖年及笄爭奈姻緣未遂、官兒、〔丑副慌應跪介淨〕今年新

（通作不知者問僕非）

科狀元王十朋、〔丑副〕王十朋、〔淨〕是溫州永嘉縣人、〔丑副應對

〔介淨〕人品如何、〔丑副各照方言〕才貌雙全、〔淨〕唔、你們那裏見

來、〔丑副〕在瓊林宴上見的、〔淨〕嗄、嗄、官兒、〔銜身帶笑商量式〕我

欲招他爲壻但不知緣分若何、〔丑副帶笑卽跪上副云〕小姐

是瑤池閬苑神仙、〔丑〕狀元乃天祿石渠貴客、〔副〕若成這段良

緣、〔丑〕不枉天生一對、〔淨笑〕這、這些官兒到也會講、〔想科〕唔、

他今日必來參謁、若是他一人而至、爾等須先露其情、〔立起

然後通報、〔丑副應介淨走下止〕來、嗄、〔丑副應淨對下頭側對

〔外云〕若與諸進士同來、不必提起、嗄、〔嗽虛下丑副對上走出

〔科〕嗄、暫辭丞相去、專等狀元來、〔卽轉坐下塲科小生戴紗帽

〔圓領束帶上貼小軍持帖隨上小生唱〕

〔中呂引宮〕菊花新十年身到鳳凰池一舉成名天下知〔正生照前打

〔扮上唱老旦小軍隨上〕脫白掛荷衣〔末同前上唱正旦小軍

〔遶〕功名遂少年豪氣〔小生白〕下官王十朋〔正生〕下官王士
〔末〕下官周壁〔各見同云〕請了、昨日赴宴瓊林、今日應黎閣
通報、〔三小軍走下塲〕門上那位爺在、〔丑副〕什麽人、〔遞帖科〕
進士拜、〔丑副接介三小軍轉介〕通報過了、〔二生末〕迴避、〔三
軍應下丑副走出見揖介〕三位貴人、〔小生正生末亦揖科〕
煩通報、〔丑副獨看小生鞠笑式〕請少待、擊云板、相爺有請、
〔上〕到了麽〔丑副跪右下塲呈揭帖淨看介〕多到了、〔淨低問〕
不曾提起嗄、〔丑副〕沒有、〔淨抖袖介〕啟中門、〔丑〕吩咐啟中門、
相爺出迎、〔喝介〕喊、〔淨走左邊著力細認〕殿元、〔小生正生末〕
師相、〔深揖下淨大悅狀〕虛恭正生末實敬小生式嗄吱呀呀、三位請、〔二生末打恭〕不

老師相請、〔淨謙和云〕大恭式連城之璧、世不常有、面對正生末一眼覰小生合浦之珠、人所
見、得接丰儀、實出萬幸、竟請先行、勿勞過遜、〔二生末〕不敢、
師相三台元老、晚生輩一介寒儒、只合執鞭墜鐙、焉敢並
齊軀、〔作深躬介〕〔淨〕雖有謙讓之情、那賓主之禮、豈可廢乎、
是殿元請、〔獨對小生近恭二生末退打躬介〕不敢、還是老
相請、〔淨〕嗄、〔踱上一步衆亦上打躬〕列公執意不行、老夫只
引道、請、〔左手攙小生右手走小生回顧〕請、〔正生末〕請、〔並立
揖同云〕老師相、〔淨〕吱呀殿元、〔淨心有所欲言行皆向小生
生拂淨椅〕老師相請台坐、待晚生們參拜、〔淨〕感承光顧、何
賜拜、〔小生〕地砌玉街、恭上萬言之策、〔正生〕名登虎榜、濫叨

物之先、〔末〕揣分玉瑕、撫躬知愧、〔淨〕君子六千人定霸咸期
一戰、扶遙九萬里衝天遂冠於羣飛、諸進士皆可畏之後
（側首斜睨式）殿元乃無雙之國士、〔小生自愧狀〕〔淨〕看坐、〔丑副應介〕二生
老師相在上、晚生輩怎敢坐、〔淨〕多蒙看我、應奉一茶、那有
坐之理、〔跛走左邊拂小生椅介〕殿元、〔小生搖首恭起〕不敢
敢、〔淨〕這是鼎甲舊規、有屈了、（對椅淺揖式）〔小生深揖〕不敢、〔淨恭〕請、〔小生
走左下〔介〕〔淨走右邊右手搭正生椅左手拂式〕〔正生打躬
敢、〔淨對椅淺揖〕也有屈了、〔正生深揖〕不敢、〔淨〕請、〔正生慌走
右下〔淨至末迎上〕老年伯、〔深揖介淨〕嗄、哎呀呀年姪、老夫
知賢姪到來、本當奉迎下榻、祇因棘院之嫌、不得相邀少

〔末〕小姪一到京師、本欲即來參謁老伯、奈場事在身、拜遲
罪〔介〕、〔淨〕豈敢、〔末〕老伯請上、待小姪另參、〔作跪淨攙〕不消、不消、
揖從命、〔淨拂椅揖末陪深揖介淨〕也有屈了、〔末〕不敢、〔淨走
對二生〔云〕這是敝年家子、〔二生〕貴年姪、〔小生至中正生至
竝揖告坐了、〔淨恭衆〕請、〔二生末看淨坐下衆方坐打恭淨
呀呀、〔丑副獻茶介淨〕不得手奉、〔衆〕豈敢請、〔各拏杯淨平拏
副立下場衆打躬淨半躬介〕哎呀呀不勞、請、〔二生末留心
待請、〔各喫見淨停卽歇淨暗喜科〕這箇殿元貴處是溫州、
〔生〕是、〔淨〕好嗄、是文獻之邦、〔小生未解其意式淨〕唔、還有位
同年、也是貴鄉嗄、〔小生〕是此位、〔淨〕就是足下、〔正生笑對低

〔淨〕妙嗄、殿元大魁天下、又有一位聯榜、豈豈非是文獻之
〔笑介〕請、〔各又照前喫介〕殿元、文藝冠塲不亞河東三鳳珠
滿腹豈誇荀氏八龍、聖天子可謂得人、老夫與有光榮、〔小
郡之賢才、勉來應試、忝蒙天眷皆賴提攜、〔淨〕豈敢、請、〔又喫
有了衙門了麽、〔小生〕有了、〔淨〕除授在、〔小生〕江西饒州僉判、
好嗄、是魚米之地、富貴之鄉、老夫方伯時曾到過、咳、但地
小、不足以展大才、〔笑介〕正所謂大才小就了、〔又笑科小生
瑣庸才、不堪重職、如若臨郡、還求大教、〔淨〕哎呀呀、咳、若論
樣大才、還該借畱館閣、早晚領教纔是、怎麽選了外任、也
權到貴治、不久内遷、還可請教、〔小生〕書生縣膺一命、况民
未諳、容赴任之期、還求指教、〔淨〕好說、可曾領憑、〔小生〕還未、
將鬢點頭〕容易、容易、〔小生打躬〕多謝老太師、〔淨〕請、〔放杯打
介淨〕這箇、老夫前日領教佳作、妙得緊、如蒼松古栢天然
景、有一種臨風御虛之趣、真箇錦心繡口、巧奪天工、使人
之、不覺兩腋生風、〔正生〕輙生拙作、愧不成章、有汚老師相
目、〔淨〕也有了衙門了麽、〔正生〕有了、〔淨〕除授在、〔正生〕廣東潮
僉判、〔淨〕哎呀、這位的衙門、與殿元有霄壤之分了嗄、雖云
之久伸之縣、就是一朝一夕也難、只怕也没有領憑、〔正生
没有、〔淨〕不妨、著意帶笑式在殿元分上、還可再處、〔正生〕深躬多謝老師相、〔淨
脫灑介是做年家周靜軒之子、靜老存日、與老夫最契、若在嚜、也

老夫同事了、咳、〔右手拍膝〕不道棄世以來、使我常懷痛悼、（假慈悲狀）（二生暗暗點頭）
今見其子成名、不覺悲喜加集、嗄、聞他在貴府作推、〔二生〕
敝地作推、〔淨〕嗄、哎呀呀、如此說、貴同年反要稱他是老公
了、〔二生〕是、〔就中作趣側頭看末點頭〕〔淨〕（帶謔呼式）老公祖、噲、老公祖、
〔笑介〕眞乃仕途上一段佳話、（自收札科）做年姪雖則青年魁解、卻肯
心時務、前日看他的文字、到也去得、但貴鄉呢是大郡、那
民間利弊未能洞曉、還仗二位、一一指南、成全他做箇美
不惟民生受福、亦且年譜有光、〔笑科介二生〕老師相垂情
舊、加意後學、晩背聞言、感激不勝、自愧愚陋、敢不竭其區
〔各立同云〕告辭、〔丑副平喝淨立〕爲何去得能迫、〔二生末〕還
各衙門未去、〔淨〕各衙門多還未去、先來看老夫哎呀呀足
盛情〔二生末〕豈敢、〔淨〕嗄、但是各衙門知道在老夫這裏敘
就去遲些、〔作驕態〕嘿嘿、還不妨、〔二生末〕恐絮煩老師相、〔淨
〔頓挫〕嗄、如此噻二位先請、殿元還有話講、〔小生應走左下
〔正生末〕領命、今朝得入高門下、猶如錦上再添花、〔深躬淨
中上正恭丑副平喝〕〔淨〕請、〔正生末下淨轉身攙小生手介
嗄、今科及第、多是少年英俊、眞乃天子洪福、〔小生〕多蒙過
〔淨〕看坐、〔小生〕告坐了、〔淨〕哎呀呀請、〔淨中坐小生右坐打躬
答禮介〕哎呀呀不勞、〔丑副送茶科各持杯〕請、〔各恭喫介淨
兒、〔丑副〕有、〔淨〕吩咐兩棬掤擺飯、〔丑副應介淨〕來、〔丑副又應

豐盛些、〔丑副〕嗄、〔虛下〕〔後添二堂候同丑副暗上淨〕殿元、想
今處世、那些戇直、一些也用不著、一味元融爲上、〔小生〕多
指教、〔淨〕殿元、老夫有句話、理宜差箇官兒到貴寓說纔是、
恐不的、今日旣蒙賜顧、哈哈、不若面陳了、〔小生〕老師相有
台諭、晩生洗耳恭聽、〔淨〕（意趣著力式）這箇咳、（右手托鬚）老夫年過五旬、止生一女、
字多嬌、我欲招你爲壻、（小生底首式）不用選財（小生悄看淨介）納禮、目今（淨偷覷小生介）便要完婚、〔鼻
科小生會意重作正色〕（淨弄茶挑看杯內介）深蒙老師相不棄微賤、感德多矣、〔
看杯中笑弄茶匙式〕哎呀呀、〔小生〕奈晩生已有寒荊在家、
敢奉命、〔淨聽停茶匙提高落茶匙落右手在右膝銜身看
式〕嗄、殿元有了尊閫了、〔小生〕是、〔淨仰身乏趣狀〕好嗄、少年
掇、況又早娶、正所謂洞房金榜、全美嗄、〔右二指磨膝〕哈哈
美、〔對左想介〕這箇、〔對小生一頓式〕咳、殿元、〔低聲曲意式〕只
還有一講、你是讀書之人、何故見疑、自古道、富易交、貴易（拏茶匙旋連身搖帶笑看小生介）
此（捏匙擊杯三下科）乃人情也、〔笑介〕呼呼哈哈哈、〔提起茶匙聽看中介小生
〔怒色科〕豈不聞宋宏有云、糟糠之妻不下堂、貧賤之交不
忘、〔淨持茶匙擡頭看微怒介小生〕愚雖不敏、請示斯語、〔淨
我是這麼說、他又這等講了去、〔坐正端顏式〕我想當朝宰
招汝爲壻、（斜看小生右手撩袖放杯介）也不玷辱你、則、則、則這一句、再再沒得講了、〔剛
〔竝用喜怒竝笑式〕哈哈哈、〔復啞〕呼呼呼、（面朝左右手起搖介）再沒得講了、〔小生
妻再娶、猶恐違例、〔淨冷落下右手介〕嗄、（臉顫手抖式）違例、〔怒目氣科〕唔

仙呂正曲八聲甘州窮酸魍魎對吾行小生忍怒朝上立衆同唱、輒敢數黑論黃粧作樣惱得吾氣滿胸膛小生唱平生頗讀書幾行淨自語白字出於何典、唔、低罵介不中擡舉、小生連唱豈敢紊亂三綱并五堂候唱合斟量不如順從俺公相何妨淨唱

前腔又一體端詳這搊搜伎倆怎做得潭潭相府東床出言挺撞些箇謙讓温良小生唱微名忝登龍虎榜肯棄舊憐新做薄郎淨做鬼臉式白來、密語介好好勸他、衆應介小生唱合望叅詳料鵶怎配鸞凰衆走上笑顏勸介唱

解三醒王狀元且休閑講這姻緣果是無雙淨看兩邊點頭介當朝宰相爲岳論門戸正相當淨右手拍膝得頭小生硬搖首科唱寒儒怎敢過望想自古道糠妻不下堂淨怒甚介白唔、唱合忒無狀把花言巧語一訕謊衆唱

前腔你千推萬阻靡恃已長只怕你舌劍唇鎗反受殃小生妻再娶誰承望走出欲下介衆白順從了罷、小生咳、唱又何不辭更出而歸式苦相央下介衆皆沒趣狀白竟自去了、見淨稟相爺、王狀元了、淨他曾講些什麽來、衆他說、又何必苦相央、淨嗄、他是等講、衆應走下立淨失色慍怒立蹤走上咏、沒福的畜生、箇來相央你、咳、誰誰箇來相央你、唱豈不知朝綱中選法把掌少不得禍到臨頭燒好香白唔、唱合著力唱不輕放定改除遠休想還鄉坐介憤恨歎白初貧君子天然骨格猶存、乍富小

不脫貧寒之態、過來、這畜生說除授在江西饒州僉判、(衆)
(淨)那箇王呪、(作氣昏式丑副答)廣東潮陽僉判、(淨)唔、取我
兒到該部衙門、把他二人更相調轉、[俗增衙門非](衆)相爺、一樣衙門、爲
要調轉、(淨)你們不知、江西是魚米之地、潮陽是烟瘴之所、
如今把這畜生改調潮陽禍必侵、(立起介衆)此行必定喪
生、(淨)平生不作皺眉事、(衆)世上應無切齒人、(淨)這畜生出
必來辭我、吩咐門上官兒不許通報、(衆應淨欲下)來嗄、連
帖也不要留嗄、(衆應介淨嘆下二堂候隨下二堂候從外
倒鬼話介)咳、他沒福、(末)便是、(同下介)

半載夫妻
也算做春
風一度

荊釵記

見娘

二

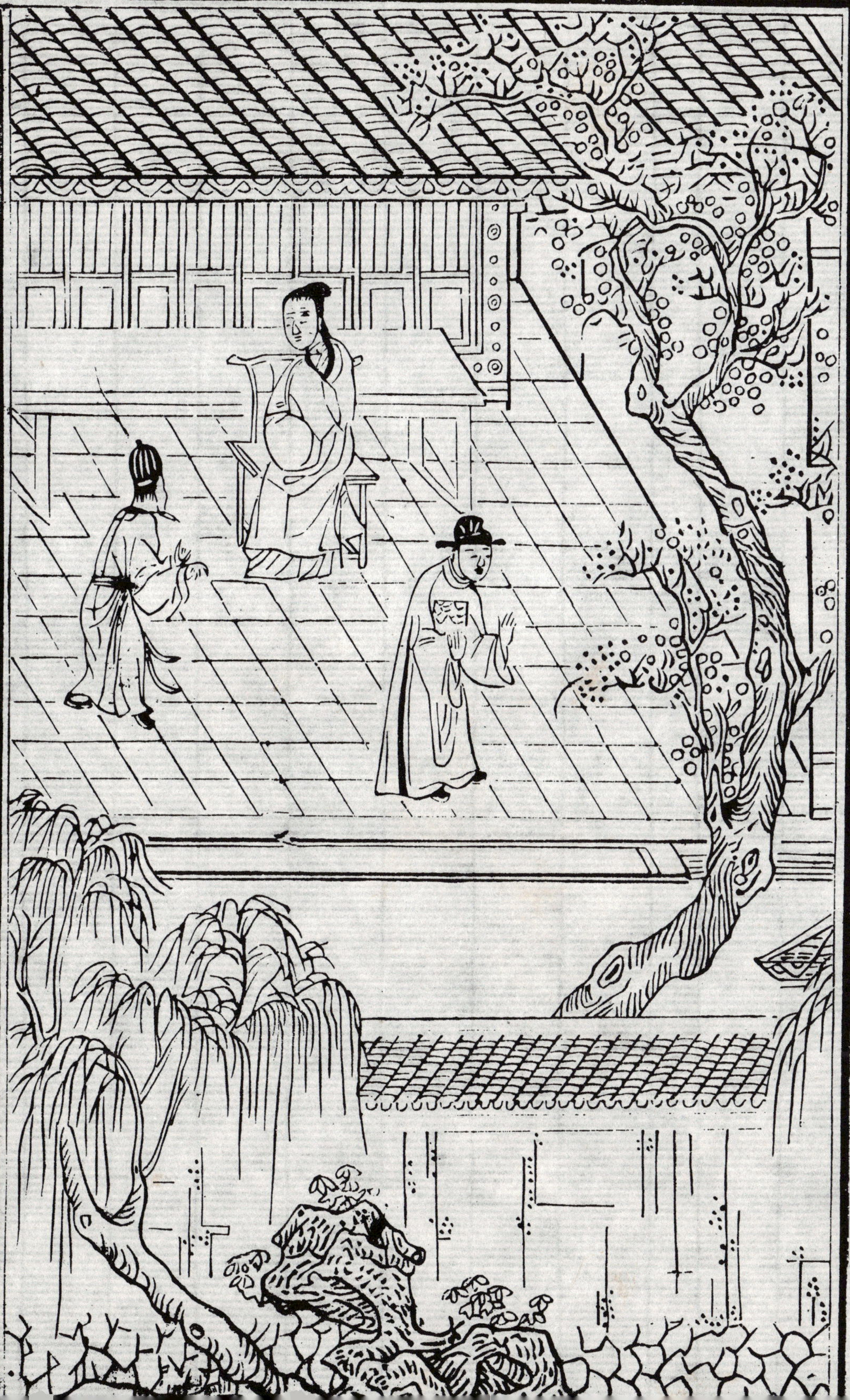

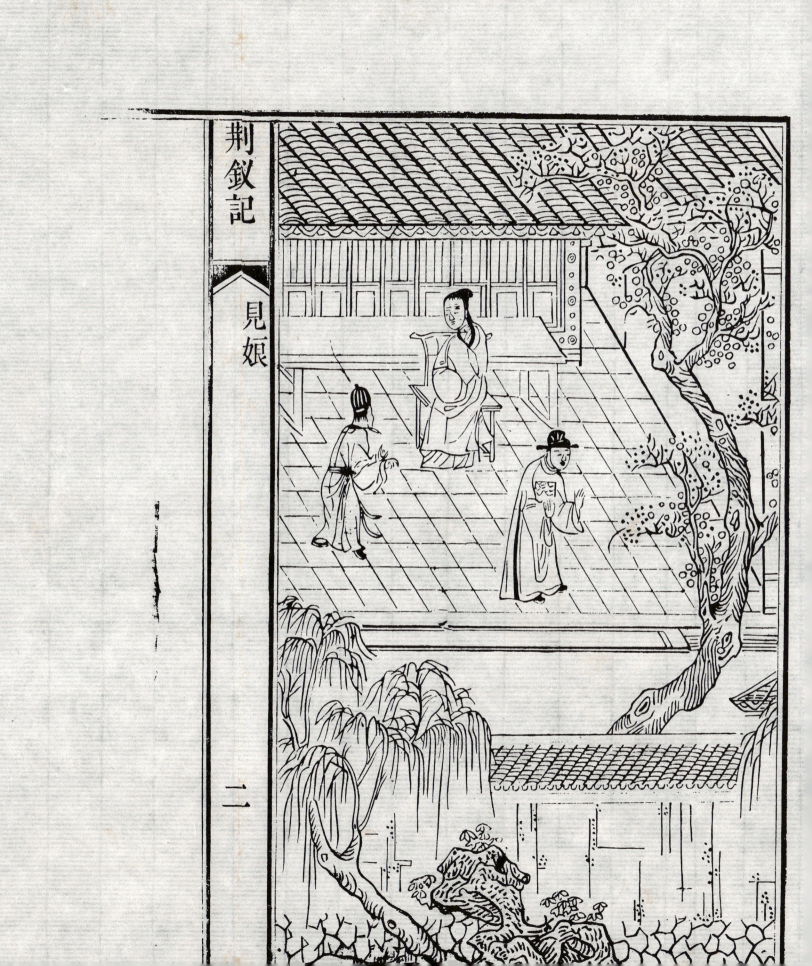

見娘（小生戴紗帽穿青花束金帶上唱）

仙呂引子【夜行船】一幅鸞箋飛報喜、垂白母想已知之、日漸過期何不至、心下轉添縈繫、（轉身正坐白）鴈塔題名感聖恩、便鴻已寄佳音、思親目斷雲山外、縹緲鄉關多白雲、下官前日書、附承局帶回、接取家小同臨任所、一去許久不見到來、我常懷掛念長班、（副扮院子暗上立應）有、（小生）倘家眷到疾忙通報、（副應介小生立云）正是雖無千丈線、萬里繫人虛下（末內應科）老安人走嗄、（老旦苦容掛媳上唱）

前引 死別生離辭故里、經歷盡萬種孤悽、（末背包上唱）昨過庄、今入城市、深感老天垂庇、（老旦白）李舅、你可曾打聽狀元

館在那裏、（末）男女已曾打聽、在四牌坊、（老旦）還有多少路、想必就在前面、請老安人再行幾步、（老旦）聞說京師錦繡（作四顧介）哎呀、果然風景勝他鄉、（末）紅樓翠館笙歌沸、柳花街蘭麝香、王狀元寓、老安人請轉、（老旦）怎麽、（末）這裏是（老旦看科立左上）如此你去通報、（末）行李在此、待男女去報、（老旦應末走想）哎呀、男女到忘了、（老旦）忘了什麽、（末）請孝頭髻除下、（老旦）卻是為何、（末）恐驚了狀元、（老旦收放袖介）（末）嗄、門上有人麽、（副上）什麽人、（末曲身問科）請了、（副直答介）唔、請、（末）借問一聲、（副）問什麽、（末）這裏可是王狀元的寓、（副似欺式）正是、你問他怎麽、（末挺身朗言恃勢科）通報、

眷到了、〔副驚鞠腰堆趣奉迎狀〕嗄、家眷到了、〔末響應介〕正
〔副慌恭手急退進式〕請少待、老爺有請、〔小生上〕怎麽說、〔副
（末走出對老旦白老安人且喜正是通報過了〔老旦應介〕）
眷到了、〔小生喜容式〕嗄、家眷到了、〔副應小生〕先著來人進
〔副應走出介小生〕哎呀呀謝天地、〔副〕嗄、來人呢、〔末〕在、〔副〕老
著你進去、〔末〕是、〔尋科〕狀元老爺、〔小生見末進即立起迎科〕
原來是李舅、〔末〕男女李成叩頭、〔欲叩下小生扶住〕哎呀呀
起、〔末〕該叩的、〔小生〕請起、嗄李舅、老安人小姐、多到了麽、〔末
〔含糊對〕嗄嗄、多到了嗄、〔小生喜科〕吩咐開正門、〔副〕開正門、
生忙趨迎出末左手扶小生右手指老旦式〔小生〕嗄、母親、
〔旦〕我兒、〔小生〕孩兒十朋迎接母親、〔雙跪介老旦〕起來、〔小生

〔立起退一步深躬老旦進介即解兜頭打腰拍塵科小生
上一迎似恭請式作驚〕嗄、李舅、〔末〕有、〔小生〕小姐呢、〔末支吾
〔揩科〕這箇還在後面、〔老旦〕十朋、〔末〕老安人相請、〔小生〕嗄、來（帶疑進介）
吩咐起行李、〔副應末引副〕行李在此、〔副接行李下末進立
看介〔小生進即白〕母親請上、待孩兒拜見、〔老旦〕罷了、〔小生
（兩拜起揩科、）路風霜久缺甘旨、望母親恕孩兒不孝之罪、〔老旦〕兒嗄你
（悲介）此一向好麽、〔小生〕母親聽稟、〔唱〕
〔南呂正曲〕〔刮古令〕〔又二體〕從別後到京、（末對上抖袖拂周身立右下留意科）〔老旦白〕可念我做娘的、〔小生唱〕
萱親當暮景、幸喜得今朝重會、（帶笑得首走近似恭式）〔老旦欲言垂首嘆介〕咳、〔小生
嗄母親、〔跪唱〕又緣何愁悶縈、（末走右上對老旦搖手老旦點頭）〔老旦白〕我没有什麽愁悶、〔小

看母躊介嗄孩兒告退、立起退左背白哎呀且住、我想母
相逢、合當歡喜、爲何母親反添愁悶、沉吟科末看小生走
對老旦白低語介老安人、不要悲傷、老旦忍淚點頭小生連前白
待我問李舅俗作成非嗄李舅過來、末狀元老爺、小生老安人爲何
悶不樂、末嗄、老安人麽、看老旦老旦亦看末末即白介嗄
是在路上、受了些風霜、所以如此、老旦飲嘆式小生嗄、在
上受了些風霜、所以如此、末正是、小生看老旦老旦低頭
泣狀小生搖頭疑介唔、非也、我曉得嗄、末曉得什麽來、小
唱莫看老旦右手遮式附末左耳科不是我家荊末白小姐便怎麽、小生唱看承得我母
不志誠末白喲、小姐在家、盡心侍奉老安人、是不離左右的、

生嗄、盡心侍奉、末應小生小生不離左右的、末又應介小生至
對老旦唱哎呀親娘嗄跪近老旦膝前唱分末虛搖左手老旦見式明說與恁兒
白你那媳婦呵、唱他怎生不與共俗增娘字非登程老旦白兒嗄、連唱
前腔又一體心中自三省轉教娘愁悶增末對右白怪不得老安
愁悶、小生竝白你媳婦爲何不來呢、老旦連唱哎呀你媳
手指出左手按小生肩末唬至右上角欲嗽右手低搖呆
老旦見末點頭即右手搭小生肩附耳唱婦多災多病末
老旦唱科即對右撲手喜狀點頭白好、這句解說得好、小
猶豫意嗄李舅、末急轉身忙跪有、小生緊問小姐有恙、末
對有恙、小生如今呢、末如今、小生唔、末强笑式好了、小生

了、（末笑應小生轉喜恭介）謝天地、起來、（末）是、（老旦連唱）況
家兩鬢星家務事要支撐（小生白）媳婦爲何不來呢、（老旦唱）
他怎生離鄉背井（末走近上防看式）（合）爲你饒州之任恐留停（白）兒嗄、你岳丈
有分曉、（小生）有甚分曉、（急追問介）（老旦指末）哪、（末）嗄、（呆看介老旦唱）
令人送我到京城（末在幽內白）嗄、這箇員外放心不下、着男
送老安人來的、（小生）一路難爲你、（末）說那裏話、（小生）起來、
是、（老旦曲完小生冷看懷疑狀白）唧嗄、孩兒再告退、（老旦
（小生立起背科）（末走近老旦又搖手介）哎呀、母親的言語、甚不明白、待我再問李
嗄李舅、（末）狀元老爺、（小生）你把家中事情、備細說與我知
（末）狀元老爺聽稟、（叫）

前腔（又一體）當初待起程（小生白）住了、我正要問你起程時、小姐
何不來、（末）小姐、（小生）唔、（末）咳、原是要來的嘘、（小生）爲何不
呢、（末唱）誰想到臨期成畫餅（小生急問白）哎呀母親、成什
畫餅、（老旦）沒有什麼嗄、（末自駭背連唱）哎呀、若說起投江
事恐唬得恩官心戰驚（對若指小生退介轉見小生赫住科）（小生白）住了、什麼驚、（正顏問介）（末頓搖首）男女
曾說什麼驚字嗄、（苦容頓介）（小生）你方纔明明說箇驚字、（末硬攤手
何曾說什麼驚字、（小生又急問介）嗄母親、他方纔明明說
驚字、（末）嗄老安人、我何曾說什麼驚字、（老旦亦慌立問）嗄
舅、你有什麼驚字、（慢云此三字令末改口科）快說與狀元知道、嗄、（小生）什麼驚、（末）唔、
生緊問介）什麼驚、（末）這箇、（老旦慢催介）你說、（末）嗄、（小生）嗄、

（想式）嗄哈哈哈、（笑科）是嗄、有箇經字的、（小生老旦同云）什
驚、（末）說我家小姐、（老旦呆式狀小生）小姐便怎麽、（末唱）在
路上少曾經、（白）就是這箇經字、（老旦悲白）嗄、是這箇經字、（轉指左介）
小生看老旦又看末卽對左大驚疑狀末連唱）當不得許
高山峻嶺、（合）飡風宿水怕勞形、（小生白）老安人來了、小姐爲
不來、（末）爲此我家員外呵、（唱）因此上畱住、（老旦嗽介小生
白）嗄、（末看老旦）嗄、（老旦啞介）說、（末）嗄、（小生看定末怒目迎
一步式）嗄、（末跼促式唱）在家庭、（粗鬚點頭退卽對右攤手
對老旦搖手科小生看末退轉對左大駭白）呀、（唱）
（前腔）端詳那李成語言中猶未明、（白）李舅過來、（末）有、（小生）我

家時、見你老實志誠、故把言語來問你、你怎麽反來支吾
（末惱式）嗄、男女怎敢、（小生怒狀）咻、（末跪介）我今後再（悲狀）再不來問你
（末立起對右上攤手頓足小生卽唱）哎呀親娘嗄、（老旦暗
末對老旦雙搖手小生唱）把就兒裏分明說破兒孩兒疑
生、（老旦欲吞欲訴雙手撲搭左邊椅背末唬走左介小生唱）
甚的變顏情長吁短嘆珠淚零、（老旦撲轉掉下孝頭髻欲拾
小生已拾末走右欲搶退右下攤手抓項急科小生白）呀、
髻卽對上唱）袖兒裏脫下孝頭繩莫不是恁兒媳婦喪幽
（急轉對老旦白）哎呀母親、這孝頭繩那裏來的、快說與孩
知道、（老旦）哎呀兒嗄、千不是萬不是、多是你不是、（小生）怎

說孩兒不是、（老旦扶小生起）你且起來、（小生）是、（老旦）我且
你當初的書、是那箇寄回的、（小生）是承局、（老旦）可又來、當
承局書親附拆開仔細從頭覷、（小生）唔、（老旦）道你狀元僉
任饒州、（小生）這句是有的、（老旦）哎呀兒嘎、你下句不該寫
（小生）那一句、（老旦）休妻再贅万俟府、（小生）哎呀母親、語句
差了、（老旦）哇、（小生跪介末）哎呀老安人請息怒、（老旦）嘎、語
雖差字蹟同、（俗作寡非）（老旦扶小生起小生白）岳父便怎麽、（老旦）岳
見了生嗔怒、（小生）岳母呢、（老旦）岳母卽時起毒心、（通作妬非）（小生）起
毒心、（老旦）逼妻改嫁孫郎婦、（小生急駭式）哎呀、我妻從也
從、（老旦）好、汝妻守節不相從、他將（雙撲勢）看小生卽哭轉

搭椅（小生跪近問）哎呀母親、快說與孩兒知道、（末）哎呀老
人、說不得的、（小生似打式）哇、（老旦）哎呀李舅嘎、（立起白、）（末於此處如無攢式）事到其間、
得不說了、（小生）快說與孩兒知道、（老旦又扶小生起介）哎
親兒嘎、汝妻守節不相從、（小生）唔、（老旦）他就將身跳入江
渡、（小生極聲）嘎、（老旦攙小生手大哭白）你妻子爲你守節
亡了、（小生唬插網巾科）嘎、（對正上）我妻子爲我守節而死
哎呀、（頓足痛心哽咽悶死直身跌下末右脚跪左足監靠
生上身老旦跪左足手托小生身急叫）哎呀我兒甦醒、（末
急叫）狀元老爺醒來、（老旦唱）

（仙呂正曲）江兒水（又一體）哎呀唬、唬得我心驚怖、身戰欽、虛飄飄、一似

中絮、爭知你先赴黃泉路、我孤身流落知何處、不念我年華
暮。〔合〕風燭不寧、哎呀兒嗄、教娘死也不著一所墳墓。〔老旦〕末
嗄白〕我兒醒來、〔小生作掇氣閉目軟身科老旦〕好了、〔末急
狀元甦醒、
醒了、〔小生略醒輕唱〕
〔前腔又一體〕一紙書親附、哎呀我那妻嗄、〔身照前仰右足丢動介〕（老旦末叫喚科）
卽白〕老安人、慢慢的扶起來、〔老旦〕是、〔小生連唱〕指望同臨（慢立直）
所是何人、套寫書中句、改調潮陽、應知去迎頭見先做河伯（介）（老旦緩轉坐泣科末與小生拂衣介小生指左下科 末對老旦低白老安人你該慢慢的說纔好老）（李員外總是要說的、我是嗄說明也好、（客掩淚式））
哎呀妻嗄、指望百年完聚、〔轉看母對上場唱〕〔合〕半載夫妻也（對上右手攤做用悲心痛）
做春風一度、〔頓足拭淚科末白〕狀元老爺、請免悲傷、〔老旦〕兒（左手亦攤介）
死者不能復生、且至任所、做些功果追薦他、〔小生〕謹依母（通不云此非應補入白內）
〔老旦〕還該追究那遞書人要緊、〔小生〕孩兒一到潮陽、卽追
遞書之㑥便了、〔老旦〕這便纔是、追想儀容轉痛悲、〔小生〕豈
中道兩分離、〔末〕夫妻本是同林鳥、〔同云〕大限來時各自飛、（揖介）
〔生〕母親、請到裏邊安歇、〔老旦〕哎呀媳婦的兒嗄、〔小生〕哎呀
嗄、〔各斜對面泣下〕〔末〕狀元老爺、男女告回、〔跪介小生扶〕你
麼就要回去、〔末〕起身時、員外吩咐、送到了老安人、面會狀
卽教男女回去、〔小生〕嗄、你道小姐死了、就不是親了、〔末〕嗄、
那裏話、家裏無人、所以要回去、〔小生〕況我身伴無人、你隨
到了任所、〔末〕是、〔小生〕待我修書、打發你回去、接取員外安
到來、同享榮華便了、〔末〕多謝狀元老爺、〔小生招式〕隨我進

末應小生急轉緊問科嗄李舅、小姐的靈柩停在那裏、末
呀狀元老爺嗄、那日江中風大浪緊、莫說是靈柩、連屍首
沒處打撈哭科小生驚介嗄、右手一指重指地搖首竟沒處打撈、末沒處打撈、小
對正頓足片袖重動介哎呀妻嗄、欲大哭下末即扯小生
搖手指內驚科哎呀不要驚了老安人、小生急看內轉對
點頭末低白請免愁煩、小生帶泣帶退點頭手招末式側
下末亞應點頭跟小生下

慕音容不
見伊訴衷曲
無回對

男祭（老旦補服上）
正宮引子【破陣子】細雨霏霏時候柳眉煙鎖常愁（小生素服角帶
昨夜東風驀吹透報道桃花逐水流（合）新愁併舊愁（小生揖
母親、（老旦）極目家鄉遠、白雲天際頭、（小生）五年離故里、灑
濕征裘、告母親知道、（老旦）起來說、（小生）孩兒夜來夢見媳
扯住孩兒的衣袂、說道十朋嗄十朋、只與你同憂、不與你
樂、醒來卻是一夢、（俗增南柯非）（老旦）嗄、咳、敢是與你討祭麽、（末）（通作小生白非）祭禮俱
完備、請老夫人主祭、（老旦）（對桌）嗄、哎呀媳婦兒嗄、非是兒（小生立右角提）
負你情、（慘狀李舅憂襯介）只因奸相妒良姻、生前淑性甘貞潔、死後英魂脫
塵、餐玉饌、飲瑤樽、水晶宮裏伴仙人、待你兒夫任滿朝金

與汝伸冤奏紫宸、兒嗄、你去祭罷、（小生）是、孩兒告祭了、（雙
扶桌對椅如對其面式）哎呀妻嗄、和你好似巫山一片雲、
嶺一堆雪、閬苑一枝花、瑤池一輪月、到如今雲散雪消花
月缺、哎呀好傷感人也、（唱）
仙呂入雙角合【北新水令】（末似點燭排列式）（對桌恭揖跪一拜直身）一從科第鳳鸞飛、被奸謀有書空寄、幸萱（就跪側恭）
（膝上扶桌又一拜起立桌右橫）無禍危、痛蘭房受岑寂、捱不過凌逼、身沉在浪濤裏、（拭淚走
右邊坐介）（老旦唱）
【南步步嬌】將往事今朝重提起、越惱得肝腸碎、清明祭掃時（此步步嬌與折桂令爲二生曲唱母子要雙貫相做）
生）哎呀、（兩袖掩哭）（老旦唱）省卻愁煩、且自酹醴（又作禮）（白）李舅、看
（末）有酒、（小生忙立阻式科）兒女之喪、何敢當母親遞酒、（老

旦〕嗄、兒嗄、〔末〕將杯遞與老旦老旦接杯一福小生慌向右

旁跪拜同禮老旦〔唱〕須記得聖賢書末接杯放正中老旦又一福介道吾不與祭如不祭

轉身拭淚坐小生立起〔白〕李舅、看香、〔末〕有香、〔小生唱〕

【北折桂令】以誠上香爇沉檀香噴轉退一步一揖金猊跪兩拜立起又揖站右桌邊對椅悲慽訴衷狀昭告靈魂聽剖因依自從俺宴

瑤池宮袍寵賜相府把俺勒贅俺則爲撇不下糟糠舊妻苦

辭桃杏新室致受磨折改調俺在潮陽妻嗄因此上擔悞了

的歸期〔老旦〕

【南江兒水】對桌唱聽說罷衷腸事只爲伊卻原來不從招贅生奸計兩手

恨娘行忒薄義麥逼得你好沒存濟母子虔誠遙祭〔合〕望鑒

忱早賜靈魂來至傷心哽咽〔小生白〕李舅、看酒、〔末〕有酒、〔遞杯與小生小

荊釵記 【男祭】 二

執杯悲看〔唱〕

【北鴈兒落帶得勝令】徒捧着淚盈盈作揖放桌一酒巵空看桌上列着香馥馥

珍味羞走近椅右似捧面式音容不見伊作癡怔狀訴衷曲無同對呀俺一揖這裏再拜二拜又揖起立右桌邊科自追思

會面是何時搵不住雙垂淚舒不開兩道眉先室俺只爲

書信的賊施計賢妻俺若是昧誠心天鑒知昧誠心自有天咽啼介

坐科知〔老旦〕

【南僥僥令】錚錚聲唱憤憤介這話分明訴與伊須記得看書時懊恨娘行忒薄

拋閃得兩分離在中路裏兩分離在中路裏〔小生〕

【北收江南】呀早知道這般樣拆散呵誰待要赴春闈便做到

金衣紫待何如說來的話兒又恐怕外人知端的不如布衣

不如布衣妻嗄、只索要低聲啼哭自傷悲〔哽咽傷心放聲即欲回身看母母亦拭淚重放酸悲介〕〔老旦白〕兒嗄

〔南園林好〕〔悒哀勸解〕免愁煩回辭了奠儀〔白〕〔立起〕嗄媳婦兒嗄、做婆婆的本要拜你一拜、只恐你消受不起、罷、罷、〔唱〕只得拜憑夷〔對上場拜小生即扶母亦拜扶〕多加護持〔母福介小生即在旁叩謝〕早早向波心中脫離惟願取兒沉溺惟願取兒沉溺〔作本此處丑扮禮生讀祝文科〕〔小生白〕李舅化紙、〔末應作在化紙介〕〔小生唱〕

〔北沽美酒帶太平令〕紙錢飄〔執杯作滴酒揖看科〕蝴蝶飛、紙錢飄蝴蝶飛血淚染〔末也含悲下〕鵑啼覩物傷情越慘悽靈魂兒〔又對座做〕憑自知俺不是昧心的負心隨着燈滅花謝有芳菲時節月缺有團圓之夜俺呵徒然間起晚息想伊念伊妻要相逢除非是夢兒裏再成姻契〔老旦

唱〕

〔南尾聲〕昏昏默默歸何處哽哽咽咽常念你願你直上嫦娥殿裏〔末歡顏上白雜劇不用上〕住着、啓爺、有京報在此、請老看、〔小生〕取來、吏部一本、爲缺官事、江西吉安府缺知府一推得廣東潮陽僉判王十朋、爲官清正、堪陞此職、已奉吉

〔小生白〕知道了、賞他十兩銀子、〔末應下〕〔老旦〕我兒報何事、

〔生〕母親、孩兒已陞江西知府了、〔老旦〕這也可喜、但不知幾起程、〔小生〕明日辭了上司、即便起程便了、〔老旦〕嗄、兒嗄年此日須當祭、〔小生〕歲歲今朝不可違、〔老旦〕天長地久有時

〔小生〕此恨綿綿無了期、〔老旦〕隨我進來、〔小生〕是、哎呀妻嗄、

首看紙灰傷心不捨狀（下）

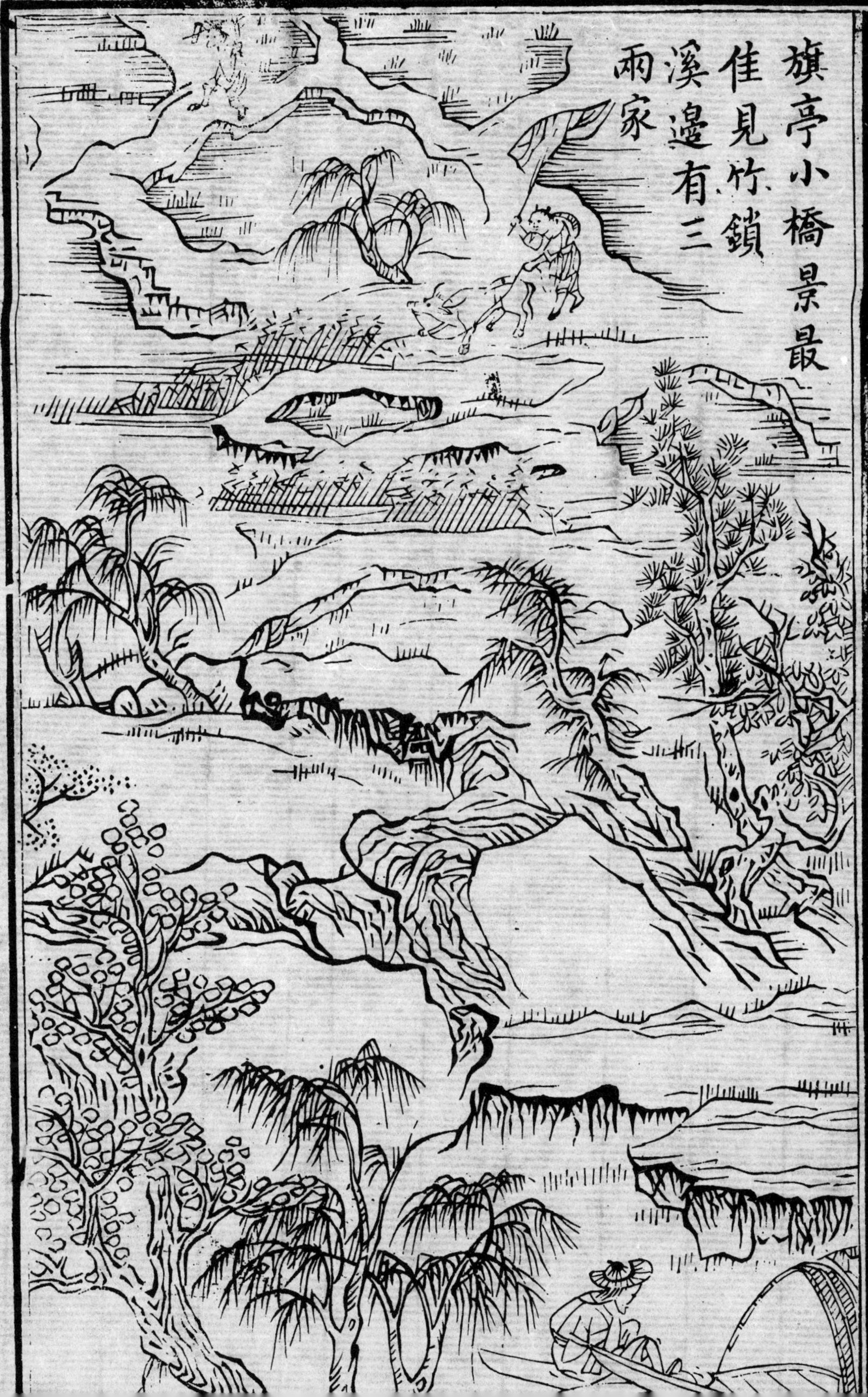
旗亭小橋景最
佳見竹鎖
溪邊有三
兩家

上路

上路（外戴福巾穿緞褶着朱鞋提竹杖悠然行色上）

仙呂引子【小蓬萊】策杖（立右下對左式）登程去也，西風裏勞落艱辛。淡烟荒草，夕

古渡流水孤村。（副帕兜頭拏念珠强笑先做慢唱上）滿目堪

堪畫，那（對右側搖頭介）野景蕭蕭，冷浸黃昏。（末束衣捲袖宜用眼光描出上）

歌牧唱，牛眠草徑，犬吠柴門。（外走左上云白）【臨江仙】綠暗汀

三月景，錦江風靜帆收。垂揚低映木蘭舟，半篙春水滑，一

夕陽愁。（副）灞水橋東回首處，美人親捲簾鈎，落花幾陣入

樓。（末）行雲歸楚峽，飛夢遶溫州。（外）嗄，連日嗄，在舟中悶坐

過。今朝日麗風和，花明景曙，捨舟登路，散行幾步。（副）弗差

是走走勾好。（末）男女已吩咐船家，到前邊上縴的所在挽

請員外安人下船便了。（副）既如此，員外先請。（末）男女隨後。

立中末立左上副立外背後看介末以前後左右點染切

與副並立科同唱

仙呂正曲【八聲甘州】（又一體）春深離故家，歎衰年倦體，（末引從左轉至下立、外隨至中、

跟外行至左上、一流邊勢、各對右下介、）奔走天涯，（外拐監右足跟邊、左手一挾左臂指右下側看、又對

側點頭、副右手搭外左肩、衝身亦看右下、顧外點頭、末蹙身看亦指右下科、）一鞭行色，（外轉身右上踏

右足、拐側監右胸、左手提左腰衣衝身看右上地、末副在後傍作襯看介、）遙指（外隨前勢、右肩左肩低、紐身慢

至左上地、末副籍勢視科、）剩水殘霞，（外走中略對左隨身立直、左手捏垂背後右手捏杖隨意直指左上、

左介、副看左柳樹、走上折柳枝嗅搖首擲地、末立外右肩後、借景看左上科、）牆頭嫩柳，（外乘式拐平落

腰邊、左手一指直指左上、側首強身對末笑末蹋衝身對外點首科、副左手指柳頭對外訴式、）籬畔花，（外身

正下場、左足踏出、左手抓臍下衣、用雙膝夾住、右手捏杖
身縮頭、扛膊肩、縐鼻眼、笑容堆、作拙幻看式、左一指靠鼻

指樹科、末走左、在外後、雙手捧股
身衡看狀、副雙捏珠鞠恭指助科、
曲 只見古樹枯籐
外立
身、右

直按拐落右腰邊、左一指直指右下斜首對末、
末就勢右手將鬢各笑貌、副換雙手指右下科、
棲暮鴉
合

勢、外走正下看右下角至
左下、副副亦緩隨走看式
嗟呀 俗改嗟呀非
外對左下將拐尾向左下
丟出、捏拐頭伏胸前、將身

直、左手捏拳叉左腰、側頭
看左遠式、副倍襯指科、
遍長途觸目桑蔴
外收拐看下
轉身、對右橫

手豎起似伸腰、帶提拐杖、就勢在蔴字腔內打哈嗐
科、末隨走從右下看轉立介、副轉身走上場連唱介

前腔 又一體 副唱
呀呀幽禽聚遠沙
末在右下對外白
員外、指右

高 這是青山、
外睜目鼓口、拐平落胸
前、衝身望右下笑介、
嗄青山、
末指左下地

水、
外扛左肩紐身側看
左下地、總做畫景式、
綠水、
又右左二看對
末笑點頭介
果然好景、
末
副

手扯外左袖
連前曲白介
老老、
外轉身、對中小趨步至上中、層身拐倚
膛、雙手捏鬢尖似恭式、趣容看正地、末

上亦看、副至左
上指正場唱、
對彷彿禾黍宛似兼葭
外退正中、左手繚
綠、右臂圓執杖豎

登身看山水、預開口笑狀、末附
近外身裁式、副倚外體培科、
江山如畫
外直身轉對下
雙手攤指左地、

轉對右上介、末從右下場指走至右角、見橋止、郎對外左
指橋式、外作知狀、副在左邊從下場觀景至右橫、亦作停

介
無限野草閒花
外走右角轉看橋將拐倚肩挾右臂扛
用左手一大指在胸灣指橋勢、令副小

過去式、副郎走上採橋、怕貌退右橫
扳鞋科、末先上橋中俟主母攙扶狀、
旗亭
外轉身對左、先
杖於橋上戳定

左手提衣連左足起、在小字上踏下、末將右手攙外左手、
郎右足上橋至中立住、身對正場、將拐尾與副作扶手而

狀、副見外上橋愈加足軟式、在景字雙手搭杖尾上橋科
各對正場、皆要橫走至最字二腔似橋動各蹬身、式皆照

搖首怕科立起俱慢橫走過橋、副同身重
顧、對上伸舌搖頭、郎隨外從左角轉介、
小橋景最佳
末
右

指內
外走中蹲足望右下科副
式
手捧外腰低首亦聆式
見竹鎖溪邊
外側矬身、左
出三指落右

前對、副郎對末改直身、左手換二
指低直、末副隨應、此宜變化法、
有三兩家
合
漁樵弄新 外從左邊走中作半

末走左上副念外對面立介一笛堪誇（副白）走弗動哉、右手作扶橫椅急坐介鷄眼痛、坐坐𡐨好、（末）嗄、就在這裏

坐科坐一坐、（外）咳、我想早歲遊庠、何曾受此跋跗、（副）咳、今日之

纔是孫汝權勾天殺勾噓、（外）不要說了、（唱）（末虛下再暗上）

仙呂正曲（解三醒）爲當初被人謊詐、右二指反指左手介把家書暗地套寫致吾兒一

指正地喪在黃泉下、受多少苦拭淚波查、看外介今日幸逢佳壻來迎迓、又還愁

旅淹留人事賒、（合）（副唱）各立起外歎介空嗟呀、自歎命薄難苦怨他、（末白）下

去罷、（同唱）

（前腔）外走右下步徐徐水邊林下、路迢迢野田禾稼、看正場左地介各帶指帶走式景蕭蕭疎林中暮

斜陽掛、俱望下式聞鼓吹鬧鳴哇、一經古道西風鞭瘦馬、副走至立左末走至右邊皆走上場看介外對正下左手望科謾回首聆家

各拭淚科淚似麻、（合）空嗟呀、各做自式自歎命薄難苦怨他、對副雙攤手對末雙攤手各對上場雙攤手退科（作參差下）

此齣乃孫九皐首劇身段雖繁俱係晝景惟恐失傳故

身段

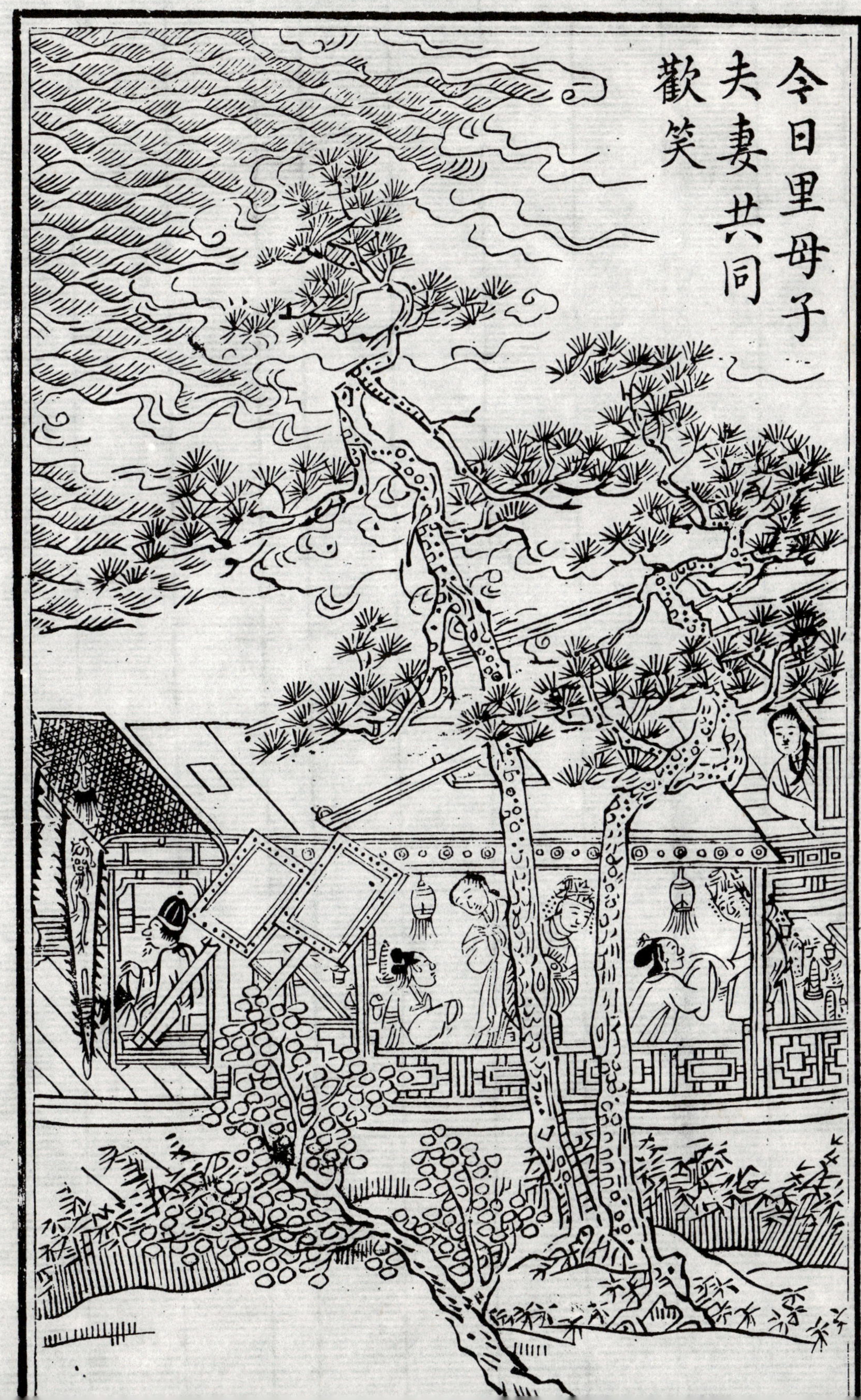
令日里母子
夫妻共同
歡笑

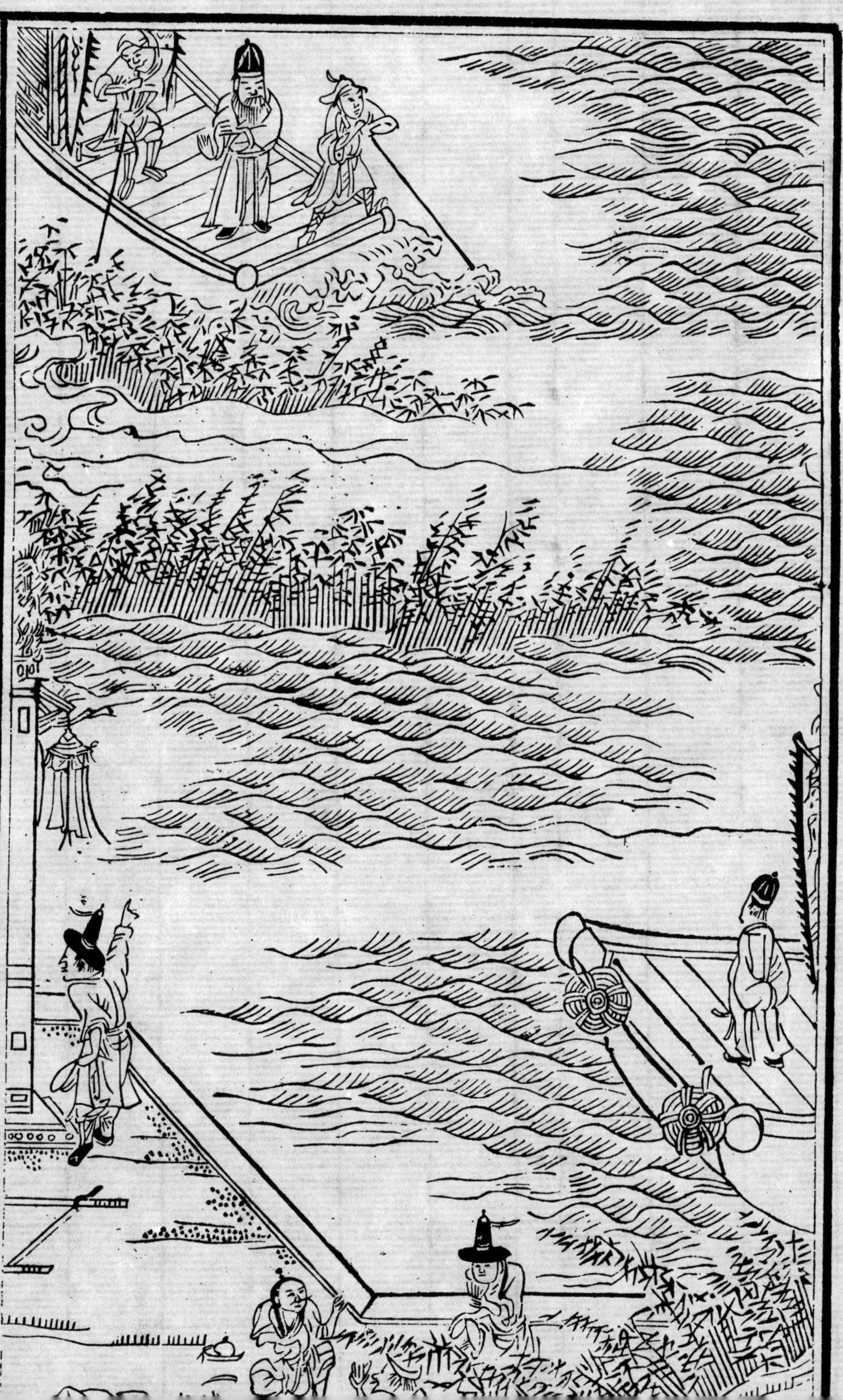

舟中〔正旦戴大鳳冠着補服上〕

〔仙呂引子〕〔卜算子〕風便未開船、有事相留戀、夫婦輕離久違顏、天成姻眷、〔轉坐介白〕夫妻全節義、母子得重歡、姻緣今再會、芳千古傳、妾身賀氏、今隨相公赴任兩廣、路由江右、此間郡王公、昨來叅謁相公、問起原故、恰就是我孩兒的丈夫王朋、向因改調潮陽、苗良誤傳訃信、今日天使夫妻重聚、相命妾設席舟中、特請王太夫人到來、合當姑媳相逢、梅香、〔丑扮梅香立上〕有、〔正旦〕王太夫人到時、疾忙通報、〔丑〕曉得、〔正旦丑不用下〕〔扮梅香內應〕請太夫人下轎、〔跟上老旦鳳冠補服上〕

〔前引〕有子作廉官、已遂平生願、〔副白〕阿有囉箇丢、〔丑走前〕是

箇、〔副〕煩通報、王太夫人到、〔丑〕請少待、〔轉對旦云〕王太夫人哉、〔正旦〕道有請、〔立起走出艙門迎式〕打扶手、〔丑〕請太夫人、〔吹打丑與副揑篙作扶手老旦穩步走跳板〕〔正旦〕嗄太夫人、太夫人請、〔老旦〕老夫人請、〔丑〕姐姐、跳板滑看仔細、〔副〕看仔細、〔老旦〕老夫人不妨、〔上船見禮介老旦〕老夫人、〔正旦〕謝你、我是、〔指自脚各笑奔上船跟老旦介〕〔老旦進艙再見〕老夫人、〔正旦回禮〕太夫人、太夫人請上、妾身有一拜、〔老旦〕呀呀豈敢、老夫人請上、老身也有一拜、〔正旦〕迅掃鷁舟、荷寵顧、〔老旦〕未扳魚駕、反辱先施、〔正旦欲拂椅式老旦即阻〕不敢當、各便罷、〔丑向內〕點茶、〔正旦〕如此從命、請坐、〔老旦〕請、

面坐介〔正旦〕看茶、〔丑〕曉得哉、茶到、〔正旦〕太夫人請、〔老旦〕老人請、〔各持盃介〕〔正旦〕請問太夫人、高壽了、〔老旦〕甲子一週

〔旦〕清健嗄、〔老旦〕老了、〔正旦〕有幾位令郎、〔老旦〕豚犬一人、現

此邪、〔正旦〕好嗄、有幾位令孫、〔老旦嗅鼻怨苦聲〕兒婦守節

亡、並無所出、〔正旦〕咳原來如此、請、〔俱作喫丑接盃〕換茶〔放盤介〕〔老旦〕請問老夫人、高壽了、〔正旦〕天命年已、〔老旦〕哎呀不像嗄、〔正旦〕老了、〔老旦〕有幾位令郎、〔正旦〕嗣息無緣、〔老旦〕

令愛否、〔正旦〕螟蛉一女、正值新寡、〔老旦〕嗄、既有小姐、何不來、〔正旦〕恐服色未便、〔老旦〕何妨、願求一見、〔正旦〕如此梅香、小姐出來、〔丑〕是、小姐有請、〔小旦上〕

接前引慈親痛別久暌違（俗作親遠久暌違非）何日重相會、〔見正旦科老旦預見旦老旦作乍疑狀介〔小旦〕母親、〔正旦〕罷了、過來見了王太人、〔小旦〕是、〔正旦〕太夫人小女求見、〔老旦〕歡顏欣〔指〕嗄、這位是小姐、〔小旦見老旦觸驚式〕太夫人、〔老旦〕同禮俱上下呆退酸心科正旦留神相顧婆媳分對外各駭式〔正旦〕看酒、〔有酒、〔正旦先滴天老旦看指淚不用陪福小旦暗咽正旦〕定老旦老旦看呆〔副〕太夫人、按席哉、〔老旦懂式〕哎呀呀不看酒、〔慌狀執盃即對定席介〔正旦〕（俗作內節接席非）不敢、我兒、送酒與太夫

小旦〕是、〔老旦〕哎呀呀不勞、罷、酒來、〔正旦〕太夫人、小廝家、〔老

說那裏話、〔此按席關目不可太繁因爲婆媳敬愛痛別重

待問未可欲認不能致做出各各互顧哽咽於心科通作
旦背立不覷兩地意態非正旦重與老旦對福作請入席
小旦向老旦告坐〔科〕太夫人、〔老旦〕亦答禮小旦又與正旦
坐〔科〕母親、〔福介正旦〕罷了、太夫人請、〔老旦〕請、〔各入座小旦
坐再坐〔科〕〔丑〕上酒、〔丑副蠢福見禮〕〔丑〕姐姐好、〔副〕好勾、姐姐
〔丑〕好、〔副〕哎喲尿急哉、要撒尿哉、那處、〔丑〕後稍頭有箇馬桶
丟去噓、〔副〕呋、多謝呸、〔攙手拉下〕〔正旦做法不可放鬆〕太夫
請、〔老旦〕老夫人請、〔小旦句句緊密〕太夫人請、〔老旦驚魂無
未語先零〔式〕小姐請、〔持盃歎放二旦俱停介〕〔正旦〕太夫人、
我小女素未相識、一見爲何淚下、〔老旦〕老夫人嗄、老身心

着勇白深怨、〔正旦〕試說何妨、〔老旦〕爲此
〔仙呂正曲〕〔園林好〕止不住盈盈淚瀼、暫見了令人感傷、〔正旦白〕太
人請上酒、〔老旦〕各舉盃介老夫人請噓、〔小旦欠身舉盃悽慘介〕太夫
請、〔老旦〕小姐、〔老旦手顫哭咽淚落盃中放介小旦哽放暗
淚正旦亦歎放盃老旦〔唱〕那裏有這般廝像、可惜你早先
若在此好頭頭、〔小旦〕呀、〔唱〕〔正旦〕免愁煩〔執盃〕太夫人請〔老旦〕老夫人畧飲
〔前腔〕細把他儀容比方、細將他行藏酌量、細認老旦介〔正旦白〕〔老旦暗白〕奇嗄太夫人請、
旦〕老夫人請、〔小旦〕太夫人請、〔老旦〕小姐請噓、〔盃近嘴看〕〔小
呀、〔唱〕小旦痛泣不飲遮放盃正旦老旦照放介細聽他言詞聲響好一似我姑嫜空教我熱衷腸愁腸縈結介〔老
〔江兒水〕句句細刺唱謾把前情想你聰明忒性良知人饑餒能終養知人

熱能調恙指望你將我這老骨扶歸葬誰想伊行先喪（正旦閣言始信式）（正旦歎介似生）（白）嘆
式婦兒嘆、你做婆婆的在世也不久了（小旦如坐鍼氈狀）（唱）哎呀（正旦悲難介）若要相逢早
向黃泉相傍（小旦）哎呀（唱）
（前腔）（步步緊提唱）驀聽他言語令人倍慘傷看他愁容淚霰如珠瀼若是
兒夫身不喪（似顧似訴介）哎呀婆婆嘆（老旦着意看聽介）香車霞帔你也安榮享今日知伊
向隔着烟水雲山（老旦白）哎呀媳婦兒嘆（小旦連唱）兩下里
般情兒（正旦白）太夫人（老旦）老夫人（正旦唱）
（五供養）聽伊半晌言語雖多未得其詳（老旦）嘆咳（正旦連唱）
伊休嘆息何必細斟量事關心上且將情便說何妨（老旦白）
言難盡（正旦連唱）我兒在何處會爲甚兩情傷乞道眞情

須隱藏（老旦白）老夫人嘆（唱）
（玉肚枝）（玉嬌枝首至二）事皆已往偶然間觸物感傷（正旦白）免悲傷
道其詳（老旦連唱）（玉胞肚三至合）見令愛玉質花容似孩兒已（右
小旦小旦直立老旦縮手小旦坐下介老旦）嘆、啐啐（正
嘆、太夫人爲何欲言又止（老旦）老夫人話便有一句、咳只
言重不好說（正旦）哎呀但說何妨（老旦出席）嘆既如此待
身告了罪纔說（正旦）好說（各出席介老旦）嘆老夫人有罪
（正旦）豈敢（老旦）小姐冒犯了嘆（小旦）好說（正旦）請道其詳（
旦）嘆老夫人（左手直指小旦小旦直迎介老旦唱）見令愛
質花容似孩兒已故妻房（小旦掩面大哭介正旦白）嘆令子

旣死、我小女雖像、如今痛哭無補於事、（老旦）哎呀老夫人
那裏話來、（唱）（玉嬌枝）（五至末）吾家兒婦守節亡恩深義重難撇漾
旦對痛哭欲認介正旦兩邊看式）嗄、（老旦白）嗄老夫人、我
婦雖是富室之女、他嫁到寒門來、（正旦）怎麽樣、（老旦唱）侍
姑鷄鳴下堂守貧夫勤勞織紡（正旦白）有這等賢孝媳婦、（小
大驚）呀、（唱）
（前腔）聞言悒怏（太夫人、你媳婦如何喪亡（老旦白）哎呀小姐、
手攙小旦唱）爲孩兒名擅文塲寄家書禍起蕭墻（小旦闘
急接唱）書歸應是喜氣揚緣何兩地生災障（老旦）哎呀恨
旦正旦白）恨誰、（老旦唱）恨只恨孫家富郎（小旦聽向正旦

白）哎呀母親、正是我婆婆了、（正旦應介老旦唱）哎呀苦嗄（小
旦痛咽式正旦白）苦着誰來、（老旦唱）苦只苦玉蓮夭亡（小
白）嗄、如此說是我婆婆了、哎呀婆婆嗄、（老旦倒慌式）小姐
起、小姐請起、（小旦）婆婆婆婆嗄（老旦帶扯帶認唱）
（川撥棹）心何望這慇懃禮怎當（急中一緩正旦忙收白）我兒、
問姓名家住在何方（小旦白）太夫人、（唱）尊姓名家住在何方
旦白）我麽、（唱）住住溫州吾家姓王（正旦白）我兒果是你婆
了、（小旦）婆婆、你媳婦玉蓮在此、（正旦）太夫人是你媳婦、（老
細認）嗄、哎呀媳婦兒嗄、（小旦）哎呀婆婆嗄、（老旦唱）你緣何
縞粧（小旦）痛兒夫身喪亡（老旦白）住了、（唱）

前腔〔換頭〕汝出言詞好不審詳、你的兒夫現任此邦、〔小旦大駭
呀、〔唱〕我爹爹曾遣人到饒邦、我爹爹曾遣人到饒邦報、報
道兒夫喪亡、〔老旦白〕有箇緣故、〔正旦〕什麽緣故、〔老旦〕你丈夫
〔唱〕〔正旦白〕可喜嗄可喜爲辭婚調遠方、爲賢能擢此邦、〔小旦白〕哎呀謝天地〔老旦將小旦攙至一邊
作相親狀細看慢淚正旦喜科合唱〕
尾〔幾年骨肉重相傍、〔小旦〕痛只痛雙親在遠方、〔老旦白〕你父
呵、〔唱〕在此宦邸相親已二霜、〔正旦白〕梅香、請老爺過船、〔內
科老生冠帶蒼鬚上〕
中呂引子〔金菊對芙蓉〕他那裏哭聲嚷嚷、〔小生冠帶上〕我這裏喜
洋洋、〔內短六句正旦白〕相公、他姑媳已認下了、〔老生〕這也可

〔小生〕嗄母親、〔老旦〕我兒、你妻子在此、〔小生〕嗄在那裏、〔老生
兒、就是丈夫王十朋、〔小旦〕我相公、〔見面細認抱頭大哭式
〔生〕哎呀妻嗄、〔小旦〕哎呀相公嗄、〔同唱〕
哭相思〔只爲功名紙半張、閃得兩下裏萬般悽愴、〔老旦白〕多謝大人〔老生白〕恭喜太夫人〔小生公揖
小旦各立於老旦之傍老旦白〕請問大人如何得救我媳
〔老生〕老夫呵、〔要當一曲唱〕
中呂正曲〔䭾環着〕那一日江道、那一日江道、得夢蹊蹺、明是神靈
吾說道救女江心宜早、〔正旦同唱〕問取根苗、節操凛冰霜令
矜傲、〔老旦小生看小旦大哭拭淚老生正旦〕結義女同臨官
遣尺素訛傳凶報、〔同唱〕誰知道改調潮喜今朝母子夫妻共

歡笑（老旦攙小旦帶謙先下次正旦老生小生末下）

荆釵以舟中而結琵琶以書館爲終作結搆關頭唱其

墓釵圓皆餘文也